언어의 색채

시와 평론

언어의 색채

발 행 | 2020년 12월 14일
저 자 | 김환철
펴낸이 | 한건희
펴낸곳 | 주식회사 부크크
출판사등록 | 2014.07.15. (제2014-16호)
주 소 | 서울특별시 금천구 가산디지털1로 119 SK트윈타워A동 305호
전 화 | 1670-8316
이메일 | info@bookk.co.kr

ISBN | 979-11-372-2728-6
www.bookk.co.kr

언어의 색채

김환철 문학평론집

별빛뜨락 작가시선집

머 리 말

문학은 반만년 역사 속에서 민족과 나라의 자긍심을 가지고 지금까지 지켜오고 있다. 문학 작품을 읽는 것은 독자들의 몫이지만 질 높은 문학을 찾아내고 문학이 추구하고자 하는 이상향을 실현하고자 하는 것은 문학의 목표일 것이다. 이런 이유가 평론가들이 문학활동에서 존재하는 까닭일 것이다.

또한, 좋은 작품들을 독자들에게 소개하고 독자와 작가의 가교 역할을 하는 것은 평론가의 사명이다.

방송국들은 시청자 모니터링을 통해서 방송의 발전과 질을 개선하는 것과 같이 문학의 정성적인 부분과 정량적인 부분을 끊임없이 고민하는 것이 나와 같은 문학평론가들의 역할이라고 할 수 있다

세상에 나쁜 문학은 없다 단지, 독자들의 바람이 제대로 반영이 되어 있지 않거나 다양한 언어를 효율적으로 사용하지 못한 작품일 뿐이다.

문학발전을 위해서는 작가, 독자, 문학평론가들이 안목이 높아져서 서로가 상호 발전시킬 때, 우리가 가진 문학적인 안목이 높아질 것이다. 저서에서 소개하는 시인의 작품 해설 및 저자의 시 70편을 통해서 문학에 대한 이해와 감수성이 가슴 깊이 독자들에게 새겨지길 기대해 본다.

문학평론가 김환철

차례

1장 작품성이 뛰어난 시인들의 시집 평론

2장   김환철 문학평론가의 시 70편

시적 리얼리티 Reality 와 상상력(想像力)을 통한 미학

— 이동훈 시집 『먼 산』

시적 리얼리티Reality와 상상력(想像力)을 통한 미학

— 이동훈 시집 『먼 산』 해설

상상력(想像力)에 대하여 엘리엇Eliot은 문명 비판적이든 정서적 충격이든 객관적인 상관물(相關物)을 타고 감수성의 통일을 이루어져야한다고 언급했다. 또한, 상상력은 소비적이거나 감성적 또는 소모성의 에너지 운동이 아니라 인간의 감정의 맥락(脈絡)인 가치로운 정조로 표출되어야 시적 미학의 실체를 이룰 수 있음을 밝히고 있다.

현란한 말과 시어로써 시를 전개시켜도 주제의 현실성과 실제성을 드러낼 수 없다면 시적 리얼리티가 시의 전개과정 중에서 상쇄(相殺)되었다고 할 수 있다. 이는 절대적 본질 그 자체의 현존성Presence은 확보하지 않은 채, 현란

한 시어들만 나열해서 독자들에게 리얼리티와 상상력을 승화할 수 없다면 시적인 상관물은 힘을 떨어질 것이다.

이동훈 시인의 시는 시적 리얼리티 Reality 의 전반적인 기반을 바탕으로 다양한 시의 소재 발굴을 통해서 상상력과 시적 미학의 이미지를 극대화를 시켜 독자들에게 깊은 감동을 주는 시적 장치가 다수 보인다고 할 수 있다.

상상력은 현대문학에서는 최고의 가치를 뜻하는 말로 다루어지고 있지만 르네상스 이전가지는 인간의 합리적인 사고를 방해하는 이상심리의 하나로 간주되었다. 특히, 플라톤 Platon 은 그것이 비합리적이라고 하여 위험시 하였다. 경험주의 철학자들의 사상이 문학 비평가들에게 받아들여져서 상상력과 문학의 접목은 18세기 이후에 빛을 발한다.

이동훈 시의 특징은 감각적(感覺的)체험을 바탕으로 감각의 대상을 머릿속으로 상상한 후에 시어를 통해 형상화 시켜 독자들에게 상상적인 융합적(融合的)인 이미지를 제공하고 있다.

이동훈 시집의 [먼 산에 나오는 화자와 시의 소재들은

리얼리티를 바탕으로 한 상상력으로 새로운 심상을 만들어내는 능력의 극대치(極大値)를 [달아의 언덕]의 시를 통해서 보여주고 있다.

달아의 언덕

코끼리의 어금니 같다고
달 구경하기 좋은 곳이라고
달아라 불렀어요

통영 바닷가를 세월 잊고 따라가면
호수처럼 잔잔한 바다와 작은 섬들이 보이는
가슴 사무치는 고요한 언덕이 있어요
아련한 마음 따라 전생까지 이어져요

차가운 바닷가에 작은 언덕엔
세상을 물들인 낙조의 붉은 하늘빛

−『달아의 언덕』일부

"상상은 영혼의 감각이다"라고 말한 시인 블레이크 Blake, William는 상상만이 본질을 도달할 수 있다고 주장했다. 「달아의 언덕」에서 보듯 화자는 달아의 언덕을 통해 삶을 바라보고 과거의 고리인 전생을 생각해보는 상상에 대한 본질적인 물음을 던지고 있다. 코끼리의 어금니와 달 구경하기 좋은 곳을 합친 '달아'란 시어는 실제로 존재하는 언덕을 시 속에 등장시켜 전생(前生)까지 이어져 있는 언덕의 상상력을 더한다.

즉, 리얼리티적 요소와 상상적인 요소를 도입하여 독자들에게 영구불변(永久不變)한 원형의 심상들을 언어로써 풀어가고 있다. 화자는 '달아의 언덕'에서 심적 위로를 받고 돌아온 삶의 자취를 회상하며, 더 깊은 나를 만나는 언덕이 되는 동시에 살아왔던 세상을 돌아본다. 또한, 바다의 푸르름과 낙조의 붉은 빛이 오버랩Overlap 되는 이미지적 요소를 통해서 어느 곳으로도 향하지 못하고 머물지 못하는 삶의 불길을 낙조의 이미지로 묘사하고 있다.

인간의 고단한 삶은 때로는 안타까운 삶으로 볼 수도 있지만 경의로운 삶으로 승화시키기도 한다. 시인이 담고 싶은 시어들은 문학적 상징을 만들어 심상이 구체적이고 감각적으로 나타내기도 한다. 삶의 상징적인 표현이 돋보이는 작품인「백수 염전」이란 시를 살펴보자.

백수 염전

대파로 밀면
바닷물은 하늘로 돌아가고
바닥에는 하얀 소금만 남는다

영광 백수 바닷가
경지 정리하여 반듯반듯 다듬어 놓은
염밭 위로 칠월의 뜨거운 햇살이 내린다

쌓이는 소금 더미에
땡글땡글한 햇살이 섞여든다

양철지붕 납작한 창고 안에는
소금 자루와 달구어진 열기만 쌓이듯
서해안 한 마을에는
서로를 바라보며 늙어가는 부부가 있어
통트면 일어나 해지도록 불볕더위 속에서
땀 흘려 일해야 하는 삶만 남았다

채염기에 삶이 밀려간다
한 평생 바닷물만 밀며
하얗게 쌓여 가는 소금 동산만 보며 살았다
놀이라고는 작은 소금 동산에 올라
석양을 바라보는 것뿐이었다

삶은 건기의 해수처럼 말라간다
소금밭에 깔린 바닷물처럼
아무도 모르게 조금씩 조금씩

소금밭이 쓸려 비틀거리며 말라간다

– 『백수 염전』 전문

　한 심상이 어떤 추상적인 의미를 나타내되 다소 막연한 의미를 암시하는 것이 아니라 한 가지 의미만을 대표하여 지속적으로 쓰인 경우를 '알레고리적 상징'이라고 한다. 이동훈 시인의 시 「백수 염전」에서는 염전은 삶의 표상이자 일생의 장으로 표현한 알레고리적 상징으로 표현하고 있다.

　'염밭 위로 칠월의 뜨거운 햇살이 내린다. 쌓이는 소금 더미에 땡글땡글한 햇살이 섞여든다.'란 표현에서 염밭 위에서 놓인 노부부의 고단했던 삶의 흔적들을 소금 더미를 상징하고 뜨겁고 강렬한 햇살의 배합(配合)을 통해 결코 쉽지 않았던 화자의 삶을 자연스럽게 내포하고 있다.

　이동훈 시인은 '칠월의 염전 밭'이란 시공간적인 소재를 통해서 삶의 고단함을 표현한다. 또한, 해질녘 노부부는 그들이 만들어 놓은 소금밭에서 무심히 흘러가는 세월의 흐름인 석양을 바라본다. 그리고 주어진 삶을 불평하지 않고 묵묵히 열심히 살아가는 헌신적인 삶을 독자들에게 보여주며 주어진 각자의 삶에 대한 경건함을 보여주고 있다.

현실에서 다양한 삶을 관찰하고 상징적인 이미지를 시속에 녹여 섬세한 영감을 보여주고 있으며, 색채 이미지 배합을 염전의 흰색과 낙조의 붉은 색, 그리고 푸른 바다의 푸른색 등 다양한 색의 이미지를 통한 시각적인 감각의 도출(導出) 또한 매우 돋보이는 시적 전개 방식이라고 하겠다. 상상력의 공간의 폭은 크면 클수록 좋고 상상력의 형태는 어떤 형태로든 자기의 삶의 체험과 연결되어야 비로소 시적인 완성이 되었다고 볼 수 있다.

먼 산

가지 못해 아득히
바라보던 산이 있었다

그리워하였으나
점점 희미해졌고
바람의 길이 있었으나
스쳐가는 소리만 들렸다

한 걸음 한 걸음
돌아가지 못할 곳에 이르러서야
다시 생각한다
도달하지 못했을지라도
나아가야 했던 꿈

붉게 물들어 떨어지는 잎사귀들
가을 속에 여울져 흐르는 세상

선혈보다 선명했고
잊힌 기억처럼 묘연하다

돌아가지 못하는 고향
떠난 뒤 애태우듯

가지 못하는 마음만
먼 산을 바라보고 있다

- 『먼 산』 전문

이 시속에서 시적 화자는 그리워 하지만 갈 수 없고 도달하고자 안간힘을 쓰지만 도달할 수 없는 아쉬움과 고뇌를 먼 산이란 상징적인 이미지로 표현하고 있다. 시적 화자가 생각하는 먼 산에는 과연 무엇이 있어서 화자가 괴로워 하는지 독자들에게 호기심과 상상력을 자극한다.

'가지 못해 아득히 바라보던 산이 있었다.'를 통해서 화자는 삶을 성찰하는 동시에 다시 돌릴 수 없는 시공간(時空間)적인 아쉬움을 나타내고 있다.

먼 산에는 삶의 목표, 사랑, 이웃, 가족, 친구, 그리움, 아쉬움 등 모든 서정적인 요소가 '먼 산'이란 상징적인 의미의 소재로 함축되어 나타내고 있다. 이와 같은 시적 진술은 사적 공간에서 보면 대단히 절실한 메시지일 수 있다. 그것은 생각, 기억과 같은 의식의 흐름을 여백의 미로 보여주는 시적 전개의 표현 방식이다.

이동훈의 시는 '발상과 표현'이 매우 뛰어난 작품들이 많다. 발상(發想)은 다양한 상상력이고 표현(表現)은 시적 화자의 상상력을 압축하여 텍스트의 기법을 활용하여 상징적으로 나타내는 것을 말한다. '사물의 감각화' 기법이 뛰어나고 시 속에서 다양한 감각적 표현을 통해 독자들에게 맛깔스러운 오감의 전율을 독자들에게 전해준다.

시인들은 시를 쓰면서 '시가 무엇인가?'에 대한 의문을 항상 가진다. 그리고 시적인 표현방법에 대하여 수 없이 고민하고 생각한다. 이동훈 시인의 『먼 산』시집은 삶의 철학적인 요소와 다양한 소재를 통해 삶을 투영하고 있으며, 시를 표현의 기본기가 탄탄한 동시에 질적으로 우수한 작품들이 많아서 읽는 독자들에게는 감동을 선사하고 시를 공부하는 예비 시인들에게는 시의 습작에 대한 길잡이가 될 우수한 작품집이라고 할 수 있다.

생태(生態)교감적 의식을 통한 심미적인 형상의 구조

-천윤식 시집 『거꾸로 매달린 생선 비린내만 난다』

생태(生態)교감적 의식을 통한 심미적인 형상의 구조

−천윤식 시집 『거꾸로 매달린 생선 비린내만 난다』해설

생태 교감적인 상상력은 자연의 아름다움을 표현하는 동시에 근본적인 자연과 파괴된 자연을 대비 시켜 시적인 주제를 부각(浮刻)시키는 형상의 구조로 나타낸다. 생명의 조화와 환희, 삶과 자연을 공존적인 사상에서 자연의 환경 파괴는 현실적 자아에 대한 파괴인 동시에 생명에 대한 파괴의 범주(範疇)로 보고 있다.

천윤식 시인의 시는 자신이 직접 체험한 목가(牧歌)적인 삶의 향기가 시적 언어로써 다양하게 산출되어있다. 또한, 환경오염에 대한 심각성, 인공적인 자연훼손에 대한 비판적 시각과 아쉬움이 하나의 초점을 중심으로 이미지나 정서가 표현된 것이 아니라 언어의 긴밀성과 정밀성을 통해

서 심미적 형상의 구조성을 통해 상호 일치시키고 있다.

노자의 도덕경 제48장 위도일손(爲道日損) '도를 행한다고 함은 날마다 나를 덜어내는 것'라고 언급했듯이 가치론적인 편협(偏狹)된 판단 기준을 걷어내고 이 세계를 사실 그대로 볼 수 있는 단계인 무위(無爲)의 사고 의식이 천윤식 시인의 시적인 전개에서 매우 돋보인다.

형식적인 가치론이 사라지면 사실적인 요소와 이미지만 남는다. 아널드 Arnold 의 이론과 같이 진실성을 바탕으로 주제의 다양성이 언어 미학적인 성취와 정신 성취라는 두 가지의 완결된 주제가 조화를 이루어야 심미적(審美的)인 형상의 구조적인 모습으로 발현된다고 한다. 천윤식 시인의 시는 언어 미학적인 성취와 정신성취의 두 가지 요소를 효과적으로 결합하고 있음을 알 수 있다.

어디 출렁이는 것이
여기뿐이랴
출렁일 때마다
균형 잡는 게

인생살이지
내 맘도 매일 출렁거려
다잡기 힘들지만
환하게 핀 벚꽃을 보니
살아 낼만 하다

예당호 출렁다리에
잠시 몸을 내맡기니
호수에 비친 반영이 봄바람 타고 춤을 춘다

물결도 출렁출렁
마음도 출렁출렁
어느새
내 맘 봄꽃 속으로 녹아들어 간다.

-『예당호 출렁다리 위에서』전문

'의식의 흐름'이라는 말은 미국의 심리학자 윌리엄 제임스 William James 가 사람의 정신 속에서 생각과 의식이 끊어지지 않고 연속된다는 견해를 언급했다.

「예당호 출렁다리 위에서」를 읽어보면 앞서서 언급한 위 도일손(爲道日損)의 정신사상이 시 속에서 녹아있다. '어디 출렁이는 것이 여기뿐이랴 출렁일 때마다 균형을 잡는 것이 인생살이지'에서 인생을 살면서 편협(偏狹)된 사고의 지인을 만날 수도 있고 세상의 평지풍파(平地風波)를 겪으면서 자기 자신을 잃어버려 상실(喪失)의 위기를 가지고 올 때도 있다는 것을 우리는 일상에서 경험한다.

화자는 '출렁다리'를 통해서 험난한 세속의 위험한 고난 속에서도 세상을 무위(無爲)의 의식으로 승화시켜 균형을 잡을 수 있는 삶이 있어야 함을 시어(詩語)를 통해 표현하고 있다. 또한, '벚꽃'과 '호수에 비친 반영'을 통해서 지친 삶을 자조적인 삶의 모습으로 전환하는 여유로운 사고의 화자의 모습이 보인다. 우리가 기쁠 때나 슬플 때, 눈물과 함성을 토하듯이 천윤식 시인의 시는 인간의 마음속에서 수시로 일어나는 희로애락을 균형의 미학으로 삶을 견인하자는 의미를 내포(內包) 하고 있음을 알 수 있다.

대지를 두드리는 소리
때로는 거칠게
때로는 차분하게
주룩주룩 내리는 빗방울 소리 정겹다

별빛 감춘 밤이면 어떠랴
목마른 논에 물들어가는 소리 정겹다

기억 속에 장마는 불편한 것
땔감이 젖어 힘들고
초가지붕 썩어 지랑물내리면
안마당 노래기 떼 난립하던 장마

여기저기 쩍쩍 갈라진
텅 빈 저수지를 채워줄
장마를 간절히 기다리고 있었다

오늘 하루는 비에 젖고 싶다

막걸리에 한 사발 들이켜고

빗방울마다 담은 사연 헤어가며

고단한 허리 쭉 펴고 정겨운 빗소리에 젖는다.

—『고마운 장맛비』전문

    대지(大地)라는 공간적인 배경과 밤, 장마철이라는 시간
적인 배경을 도입하여 자아는 비 내리는 서정적인 풍경을
그리는 동시에 대지의 갈증을 해소하는 장맛비의 고마움
을 화자는 독자들에게 상기 시켜 주고 있다.

    비는 도시에 사는 사람들에게는 불편한 삶의 궤적이 될
수 있겠지만 물이 필요한 농부의 논에 내리는 단비는 그대
로 생명법칙이며, 우주정신으로 통합되는 정신이다. 시인
블레이크Blake, William는 '진리는 이성으로부터 나오는 것
이 아니라 시적인식으로부터 나온다.'란 말과 같이 장맛비
가 내린 후, 대지의 풍요로움을 화자는 '별빛 감춘 밤이면
어떠랴 목마른 논에 물들어가는 소리 정겹다.'로 장맛비의

고마움과 풍요로운 자연과 설레는 만남을 꿈꾸는 상상력
으로 나타내고 있다.

　시는 작가의 경험들이 언어와 언어의 짧은 만남을 통해
서 새로운 정서를 창조해 낸다. 천윤식 시인의 시는 찰나(刹
那)의 순간을 풍부한 시적인 언어로 표상(表象)되어있는 심
미적인 상상력이 돋보인다.

　　　　정치망이라 하여
　　　　정치하는 사람들을 망보는 것인 줄 알았다

　　　　근데 그게 아니라
　　　　물고기잡이 그물망이름이 정치망이란다

　　　　물고기 길목에다 쳐놓으면
　　　　큰 물고기 작은 물고기 모두 잡히는 그물이다

　　　　정치망을 정치망으로 만들어
　　　　여의도에 쳐 놓으면

대어가 많이 걸려들겠지

-『정치망』전문

　서양에서 로마 시대에는 풍자(諷刺)가 한 장르의 이름이
었다. 그리고 대개의 문학 장르의 원류에서 보듯이 풍자도
원시 시대에는 주문의 하나였다. 주술적인 의미의 출발이
풍자라고 한다면 고려 시대 가요이자 신라 때 처용이 지은
향가를 발전시킨 '처용가'도 주술적인 풍자의 맥락에 속한
다고 볼 수 있다.

　'정치망이라 하여 정치하는 사람들을 망보는 것인 줄 알
았다. 근데 그게 아니라 물고기 잡이 그물망 이름이 정치
망이란다.'란 표현에서 정치로 인해서 상처받은 대중들의
심리가 음소리가 같은 '정치망'으로 풍자하는 화자의 재치
가 돋보인다. 정치망(定置網)은 자루 모양의 그물에 테와 깔
때기 장치를 한 어구를 부설하여 물고기를 잡는 방법이다.
'정치망(定置網)을 정치망(政治網)으로 만들어 여의도에 쳐 놓
으면 대어가 많이 걸려들겠지' 화자는 정치망 도구를 물고

기를 잡는 데 사용하는 것이 아니라 국민들에게 실망을 주고 공공의 이익보다는 사익만을 생각하는 정치인들에게 경종(警鐘)을 울린다. 풍자는 현실에 대한 도덕적인 비판을 통하여 사회악을 제거하겠다는 목적에 부합하는 풍자시의 원류를 보여주고 있다.

겨울은 겨울다워야 하는데
올겨울은 겨울 맛이 없네
가을걷이를 마친 조용한 들녘에
동지섣달 아침부터 비가 부슬부슬
거꾸로 매달린 생선에서 비린내 나는 날이다

소나무 가지가 뚝뚝 꺾이는 소리 나도록
무릎 덮는 눈으로 하얀 세상 만들어야 겨울 같은데
십이월에 비 오는 겨울 앞에
빙어 축제와 산천어축제가 몸살을 앓고
인공눈 뿌려진 슬로프마다 퍼석한 맛이다

가슴이 시려 귀가 시려서가 아닌

콧등이 붉어서가 아닌

비 오는 십이월 땜이 시린 아침

겨울 맛이란

찐 고구마 앞에 빙 둘러앉아

동치미 척 올려 먹는 맛이 있어야 하고

꽁꽁 언 손 아랫목 이불 속에

쑥 밀어 넣어본 사람만이 아는 맛

추녀 끝 고드름 따서

친구와 칼싸움하는 맛이 있어야 하는데

올해 겨울은 거꾸로 매달린 생선에서 비린내만 난다

  -『거꾸로 매달린 생선 비린내만 난다』전문

   천윤식 시인의 시집 「거꾸로 매달린 생선 비린내만 난다」
표제시다.   표제시는 시집 전체의 흐름을 대표하는 상징적
인 시로 이 시의 시적 배경을 이루는 시제는 '겨울'이다. 과

학기술의 발달은 편리함을 인간에게 제공하는 동시에 급속한 산업화로 인하여 환경오염을 심화 시켜 인류의 생존을 위협하고 있으며, 세계의 경제가 발전함에 따라 온실가스와 산업 쓰레기의 무분별하게 증가하고 있다.

'겨울은 겨울다워야 하는데 올겨울은 겨울 맛이 없네'에서 화자는 지구 온난화와 환경오염에 따른 기후변화로 인하여 겨울의 참맛을 느끼지 못하는 것에 매우 아쉬워하고 있다. 이러한 기후의 변화는 생태계의 서식지 파괴와 종의 감소 등 심각한 문제를 가지고 오는데 「거꾸로 매달린 생선 비린내만 난다」표제시에서는 생태파괴에 대한 인류에 대한 화자의 상징적인 메시지가 담겨있다.

'동지섣달 아침부터 비가 부슬부슬 거꾸로 매달린 생선에서 비린내 나는 날이다.'란 표현에서 겨울은 춥고 건조한 계절의 특징이 있다. 춥고 매서운 겨울 날씨의 이용해서 생선을 건조하고 부패를 방지하는 계절적인 역할을 하는데, 지구 온난화로 인하여 습하고 따뜻한 동지섣날의 기온으로 인해 생선이 썩어가는 모습에 대해 은유법을 사용하여 지구온난화의 실태를 현실 삶 속에서 문제점을 지적하고 있다. 즉, 구체적인 사건과 정황(情況)을 군더더기가 없는 간결한 시행의 포착으로 환경오염과 지구온난화에 대한 문제를 상징적으로 제기하고 있는 작품이다.

천윤식 시인의 시는 자연사랑과 사람에 대한 사랑 그리고 보편적인 삶 속에서 철학적인 사유를 찾으려는 뚜렷한 경향을 보인다. 좋은 문학 작품을 쓰려면 우리 뇌의 망각 속에서도 시적 순간들을 포착(捕捉) 하여 삶의 이야기를 투영하는 것이 중요한데 천윤식 시인의 시어들은 우리 주변 삶 속에서 극적인 장면들을 매우 잘 포착하여 시적의 순간들에 대하여 정갈한 시어로 매우 잘 표현하고 있다.

또한, 사회 전반적인 현상을 꿰뚫어 보는 시인의 시선은 현대 시가 가져야하는 필수적인 맥락적인 요소라고 볼 수 있다. 이에 「거꾸로 매달린 생선 비린내만 난다」작품집 전반에서 생태 교감적 의식을 통한 심미적 형상의 구조를 독자들에게 잘 보여주고 있다.

존재론적 가치관을 통한 불교 문학의 사상 고찰(考察)

ㅡ 조남선 시를 중심으로

존재론적 가치관을 통한 불교 문학의 사상 고찰(考察)

ㅡ 조남선 시를 중심으로

　　종교는 인간의 존재론(存在論)적 가치관을 정립하는 동시에 삶을 성찰하는 당위론적인 본질을 가지고 있다. 문학은 삶의 본질을 탐구하는 예술적 영역이고 종교는 신앙의 영역이지만 서로가 삶을 지향하는 영역은 동일성(同一性)을 가지고 있다고 볼 수 있다.

　　우리가 생활 속에서 주로 사용하는 '면목(面目)', '아수라장(阿修羅場)', '이판사판'도 삼국시대부터 우리 삶의 본질로 녹아있는 낱말로 불교의 사상에서 유래된 경우가 많다. 이와 같이 불교와 서민들의 삶은 서로 예로부터 긴밀하게 연관되어 왔으며, 서민 문학 또한 불교의 영향을 서로 긴밀하게 주고받으면서 문학적 수용력(收容力)을 넓혀 나갔다.

현대 문학에서 불교 문학에 선구자 역할을 하신 시인들은 한용운 조지훈, 서정주 등으로 이어져 갔으며 불교 사상의 창의성과 문학의 만남으로 시인들의 시세계는 더욱 공고(鞏固)히 다져지는 계기가 되었다. 불교문학은 한용운 시인과 같이 전통적 불교 사유를 근대성과 연결시키는 경우와 김달진, 조지훈 시인과 같이 불교적 진리를 충실하게 수용한 시로 구분하여 볼 수 있는데 아래에 다루고자 하는 조남선 시인의 시세계는 대중 불교 속에 녹아 있는 불교적 진리를 충실하게 수용한 시로 볼 수 있다. 불교문학은 인간 실존(實存)에 대한 문제를 다루고 있는 동시에 대중들에게 불교 정신을 수용할 수 있는 대중 포교(布教)의 역할도 하고 있다. 이에 불교 보편적인 사상을 시를 통해 생명력을 부여하고 있는 시인 조남선의 시 세계를 통해서 불교문학에 대한 고찰(考察)을 해 보고자 한다.

조남선 시에 대한 불교 철학적 작품의 세계는 불교적인 삶 속에서 자아를 성찰하고 세상을 관조적(觀照的)으로 보는 삶의 지혜와 성찰이 일상 속에 녹아있다. 불교의 선종 사상에는 인간중심의 사상이 인정되지 않는다. '세상 만물의 모든 것들이 소중하고 태어난 의미가 있으며, 귀하다.'는 포용적인 세계관을 가지고 있다. 이와 같은 우리시대의 불교 철학적 사상을 바탕으로 시를 대중들에게 향유(享有)하고 자신의 불교적인 사상적인 환경을 문학에 투영(投影)할 수 있는 현대 시인 중에서 포용적인 세계관으로 시를 쓰고 있는 시인이라고 할 수 있다.

조남선 시인은 불교 사상 경전 [벽암록]을 공부하고 불교문학회 회장을 역임할 정도로 조남선 시인의 삶은 불교의 근원적인 뿌리를 같이하고 있다.

조남선 시인은 『국제문예』시부문 신인문학상으로 등단해서 시집『이눔아』, 『군두쇠』, 『우리 꿈을 향한 불꽃』등 다양한 불교 철학적 사상이 담긴 문학작품을 다수 발표하였고 현재는 계간 [국제문단] 발행인 및 편집인으로 시의 대중화에 앞장서고 있는 역할을 하고 있다. 또한 한국문인협회 강서지부 회장, 불교문학회 회장 등 지역 문학발달에도 공헌하고 있다.

조남선 시인의 불교 문학적 세계는 세 가지로 살펴 볼 수 있는데 첫 번째, 범아일여(梵我一如)와 순화적인 관계성, 두 번째는 생성과 순환의 사유, 세 번째는 생명의 탐구적 고찰로 나누어 볼 수 있다. 조남선 시인의 『이늄아』에 수록한 시들을 중심으로 불교문학적인 사상을 평론하고자 한다.

1. 범아일여(梵我一如)와 생태 순환적인 관계성

우주의 근본 철학적인 원리인 범(梵)과 영원히 변하지 않고 참 존재로 남아 있는 아(我)가 하나라는 사상이다. 이는 인도의 베다Vedas 경전에 근간을 둔 우빠니샤드 Upanishads에서 발전된 사상이다. 이는 '자연과 내가 하나가 된다.'인 물아일체(物我一體)와 비슷한 의미이다. 정신이 육체의 한계를 벗어나 우주와 자연에 온전히 함께 존재하는 상태로 인간과 자연을 구분하거나 서로 상극(相剋)으로 대립하는 존재가 아닌 서로 공존하는 사상이다. 불교의 최상의 공부라고 할 수 있는 참선(參禪)을 통해서 나를 고찰하고 평정한 마음으로 자연을 고찰하는 태도로 진리를 깨달게 되는 과정인 것이다. 불교경전 중에 하나인 『법구경』에서 '벌을 꽃의 아름다움과 색깔, 그리고 향기를 전혀 해치지 않고 꽃가루만 따서 간다.'고 기술한 의미와 같다고 볼 수 있다. 즉, 자연과 사람의 혼연일체(渾然一體)를 강조한 사상이다.

아름다운 나목

애지중지 나의 분신 푸른 잎
비바람 땡볕에도 능히 버티더니
어느 날 모르게 푸른 잎 풀기를 잃고
웬일일까 안색이 썩 좋지 않더니만

갈 때를 알았는가, 대견하기도 하구나

부는 바람에 살며시 이별을 고하네
뉘의 탓이라며 투정 한 번 하지 않고
비명도 한 번 없이 허공에 낙하하네

금지옥엽 나의 분신 단풍 잎

모두들 떠나가고 혼자서 비를 맞고 있네

감추는 것 하나 없이 홀딱 다 보여주니

촉촉이 젖은 나목은 볼수록 아름답구나

–「아름다운 나목」전문

범아일여(梵我一如)의 순환적인 생명관은 모든 생명체는 자연으로 돌아가고 자연에서 존재하는 모든 만물들은 서로 대립과 협상의 관계가 아니라 영원으로 가는 구도의 과정인 동시에 자연과 생명이 하나 되어가는 과정이라고 볼 수 있다. 즉, 여기서 말하는 단풍잎은 삶의 고뇌와 진실 속에서 허우적거리는 삶의 고뇌 자가 아닌 당당하게 고통을 극복하고 이상적인 자연 속에서 삶을 추구하고 자연과 상호 교감을 보여주는 화자의 모습이 투영된 삶이라고 볼 수 있다.

나목(裸木)이란 잎이 다 떨어지고 가지만 남은 나무를 말하는데 나무와 잎의 천체적인 조화 속에서 공존하던 모습에서 역행할 수 없는 세월과 계절의 흐름에 관조적(觀照的)인 자세로 받아들이는 나목이 풍성한 잎을 가진 나무만큼 아름다움을 볼 수 있다. '감추는 것 하나 없이 홀딱 다 보여주니'에서 인간의 정신적 삶과 육체적 삶의 진실 된 모습을 보여주는 나목이 화자는 대견스럽고 인고의 시간을 버텨낸 모습을 통해서 감동을 느끼는 진리와 상상력이 돋보인다.

2. 생성(生成)과 순환(循環)의 사유로 보는 관점

조남선 시인의 시 속에 나타난 불교의식은 자연스럽게 생활 속에서 녹아 있는 동시에 불교적인 관점으로 사물을 관찰한다. 종교사상의 시는 어조의 규정을 짓고 종교에 대한 짝사랑에 빠진 화자의 맹목적(盲目的)인 관점의 기술보다는 삶의 태도 속에서 어우러져 빚어내는 시적 감정이 독자들에게 오히려 감동과 설득을 줄 수 있다.

조남선 시인의 시의 특징 중에서 생성(生成)과 순환(循環)의 사유로 보는 불교적 세계관이 시 세계에서 다수를 차지하고 있다. 이는 불교철학에서 중요시하는 윤회(輪廻)사상과 밀접한 관계가 있는 동시에 모든 존재하는 것들은 상호

작용하는 것이라는 포용적인 사상을 가지고 있어 '사라짐'
과 소멸에 대한 슬픔보다는 또 다른 탄생과 만남의 기대,
그리고 역동적인 삶의 자세가 발현(發現)되어 현실적인 상처
들을 치유(治癒)하고 있다.

삭정이에 꽃망울

삭정이 가지가 죽은 듯 보이더니
물오른 뒤, 바람에 흔들리고
어느새 꽃망울이 터졌구나

죽었다 한들 사람아 그것만이 아니더라,
깊은 잠자고 나면 인연 따라 생기려니
그리 알고 서러워 마라.

죽어서야 새 생명이 탄생하니
나고 죽음이 또한 한통속이 아니더냐

생과 사는 다를 것이 없어라

알아도 그대요. 몰라도 그대이니
그대와 나는 손바닥의 안팎이라
깨달아 쥐고 나면 모두가 분명한 것뿐.

모두가 분명한 것뿐,
억!

−「삭정이에 꽃망울」전문

    생과 사의 복합적인 실상을 삭정이와 꽃망울을 통해서
살아있다는 것에 대한 아름다움 그리고 죽음은 결코 끝이
아님을 시 속에서 드러내고 있다. 위의 시에서 죽음은 영원
한 삶이며 다시 태어나는 재생의 윤회사상이 이미지로 형
상화 되어 있다.
    윤회란 중생들이 삼계(三界)안에서 생과 사를 거듭하며
존재양태(存在樣態)를 바꾸어가는 것을 의미한다. '죽어서야

새 생명이 탄생하니, 나고 죽음이 또한 한통속이 아니더냐'
에서 화자는 종교적 철학을 통해서 인간의 감정 선에 대한
한계를 극복하고 죽은듯한 삭정이지만 지나가는 바람이 생
명의 바람을 불어주고 지나가는 비가 깨워주어서 죽은 줄
만 알았던 삭정이가 아름답고 고귀한 꽃망울을 터뜨린다는
화자의 깨우침을 표현하고 있다. 생태계의 순환처럼 죽은
생명체가 미생물의 양분이 되고 땅의 거름이 되듯, 모든 삼
라만상의 세계는 죽음과 탄생을 분리하여 생각할 수 없음
을 시를 통해 독자들에게 불교적인 화두를 던져주고 있다.
'생과 사는 다를 것이 없어라.'에서 생태계의 순환적인 교리
안에서 영한한 죽음은 없음을 다시금 독자들에게 인지시
키고 있다.

3. 생명의 탐구적(探求的) 고찰(考察)

조남선 시인의 시에서는 우주의 진리를 깨치고 자연과
소통하는 자아성찰(自我省察)적인 시들이 많다. 이는 삼라만
상(森羅萬象)을 통해서 우리 현실 속에서 마주하는 존재들

에게 생명의 의미를 부여하고 생과 사는 다른 관점이 아니라 생성, 발전, 소멸의 단계적 흐름을 가지는 과정으로 이해하고 있음을 시 세계에서 드러내고 있다. 인간의 욕정의 세계가 아니라 화자는 삶 속에서 태어남의 의미도 새롭게 조명하였는데 '할아버지가 되던 날' 시를 보면 생명 탄생의 환희와 고생한 아기와 엄마에 대한 대견함과 연민(憐憫)이 새로운 삶에 대한 축복과 함께 나타내고 있다.

할아버지가 되던 날

고귀한 생명의 탄생은
엄숙하고 그렇게 장엄해라
잉태하는 그 순간부터 오늘
강보(襁褓)에 싸이던 날까지
박동(搏動)소리 쓰다듬어
애지중지 사랑 노래 부르며
280일만의 고고는

새벽 여명을 밝히었네

부모와 자식으로 인연되기란
억만 겁의 인연이라고 하는데
또랑또랑 빛나는 까만 눈동자에
어느새 산고(産苦)는 다 잊었나
이마에 송글송글 구슬 진 땀방울

애, 많이 썼구나, 장하고 대견해라
엄마 되기가 그렇게 힘들었구나
아기도 엄마를 보기가 그렇게나
모두 사랑한다. 아무렴 그렇고 말고

－「할아버지가 되던 날」전문

　이 시에서는 화자가 직접 겪은 삶의 탄생의 순간을 아버지의 관점이 아닌 할아버지의 관점에서 서술하고 있다. '또랑또랑 빛나는 까만 눈동자에 어느새 산고는 다 잊었나'에서 영원한 손주에 대한 지속적인 사랑의 모습과 산고의 고통을 이겨낸 딸의 대견함과 안타까움이 동시에 묻어나 있다. 이러한 생명 순환 과정 속에서 내가 낳은 생명이 또 다른 생명을 낳을 때의 기쁨과 환희는 일차적인 만남이 이차적인 만남의 도래를 가져옴에 대한 시공간적인 생명 탐구의 벅찬 기쁨일 것이다. 손주 그리고 딸, 할아버지 등 삼대의 생명 순환의 연속성 탐구를 통해서 공간 속 만유(萬有)세계를 응축 시켜 생명의 신비함과 초월성을 시에서 삶의 여행과 함께 표현하고 있다.

조남선 시인의 시세계는 불교적 상상력과 불교교리의 사상을 바탕으로 문학적 의식을 구축해 나가고 있으며, 본인의 삶 속에서의 시어와 불교 교리에서 사용되는 시어를 사용함으로써 시어를 확장 시켜 나가는 동시에 불교문학의 한 축을 이어가고 있음을 알 수 있다. 조남선 시인의 시어는 자아성찰(自我省察)의 근원적인 표상(表象)의 언어 체계이자 불교 철학이 문학적인 상상력적 접맥(接脈)으로 구체성을 띠면서 형상화 되었다. 인간을 사랑하는 인본주의 정신위에서 결코 인간만이 아닌 세상에 존재하는 모든 사물과 생명체에 대한 경이로움 과 연민도 시 속에 녹아 인간의 유한한 삶을 시적 상상력을 바탕으로 영원한 삶으로 이끌어 나가고 있다.

회화적(繪畫的)인 시어와 묘사를 통한 시적 내면화

-이종수 시집 『주머니 행복』 해설

회화적(繪畫的)인 시어와 묘사를 통한 시적 내면화
–이종수 시집 『주머니 행복』해설

시를 창작하기 위해서는 관점(觀點)의 대상 수용이 중요하다. 대상을 시적, 공간적으로 수용하기 위해서는 시인의 수용하는 과정과 언어로 채색하는 과정 그리고 독자들에게 대상을 자각할 수 있는 뛰어난 묘사가 필요하다. 이러한 관점은 대상을 통해서 관념적 관점과 실제적 관점으로 나눠서 화자(話者)의 시각을 볼 수 있다.

이종수 시인의 작품들은 관념적 관점과 실제적 관점을 조화로운 언어로써 언술(言述)되어 있어서 시적인 창작 과정의 다양한 고뇌가 녹아있음을 작품을 통해서 독자들에게 보여주고 있다. 언술 형식과 시 창작에 가장 중요한 창작 방법의 하나가 묘사인데 이는 화자가 보는 관점을 토대로 사물이나 현상이 지닌 성질, 인상 등을 감각적인 표현으로 다루는 것이다. 이종수 시인의 작품 소재들을 살펴보면, 시간적, 공간적인 배경을 초월하여 고향, 계절, 친구, 목가적인 향수, 그리움 등의 소재들을 구어 투가 아닌 정교(精巧)하고 깔끔하게 다듬은 이미지의 묘사로 구성되어 있음을 볼 수 있다.

이종수 시인의 시는 감각적인 표현을 회화적(繪畵的)으로 묘사하고 있으며, 창작의 시공간 세계를 인지하고 화자의 감정을 무리하게 이입하여 시상을 전개하는 것이 아니라 상징성과 묘사 그리고 관점의 다각화를 통한 시적 내면화가 뛰어남을 알 수 있다. 또한, 형태상으로 살펴보면 행과 연의 적절한 배치와 분절을 사용해서 효과적으로 서술되어 있다. 화자가 시를 통해서 말하고자 하는 강조하는 주제, 본인만의 시어, 회화적인 이미지 등 적절하게 사용하여 주제와 시상을 부각하는 뛰어난 작품의 전개를 보여주고 있다.

어릴 적 뛰어놀던 문봉산 자락은
붉은 진달래꽃이 피고 진 뒤에는
항상 예쁜 복사꽃이 피어나지요

올해도 복사꽃이 보고 싶어서
게으름 피우다 늦게 찾아갔더니
벌써 다 지고 없네요

작년에 꽃 피었던 복사나무는
꽃 대신 푸른 잎만 무성히 피어
가느다란 바람에 흔들리고 있네요

복사꽃을 볼 수 없어 서운하지만
내 마음은 작년에 보았던 복사꽃보다
더 예쁜 복사꽃이 곱게 피어 있지요

빨갛게 피어 있는 예쁜 복사
평생토록 마음속에 담아 두고서
봄마다 두고두고 꺼내 볼래요.

−『복사꽃 필 때』전문

　프리드먼M. Friedman은 '서정시의 나는 주관적 감정이 아니라 세계와의 관계 속에서의 지향적 운동'이라고 말했다. 이처럼 시 속에서 화자를 도입할 때, 현실 속의 '나'와 허구 속의 '나'의 관점으로 시를 창작할 수 있다. 『복사꽃 필 때』를 읽어보면 복사꽃이라는 상징물(象徵物)을 시의 앞부분과 중간, 그리고 뒷부분에 배치하여 어릴 적 고향에 대한 추억을 함축적인 매개물로 전개하는 동시에 시 속에 등장하는 나는 현실적인 '나'가 고향의 복사꽃이 흐트러져 있는 과거의 공간 속으로 달려간다.

　하지만 현실의 공간 속에서 복사꽃은 사라지고 고향의 향수를 맡을 수 없는 매개체(媒介體)가 없어짐을 알고 화자는 아쉬움을 나타내고 있다. 일반적으로 화자를 도입할 때, 감상적, 피상적, 추상적 진술로 시의 이미지를 흩뜨리는 경우가 많지만 이종수 시인은 화자의 전개와 상징물인 복사꽃을 시 속에 도입하여 대상에 대한 지배적인 인상과 '빨갛게 피어 있는 예쁜 복사꽃 평생토록 마음속에 담아두고서 봄마다 두고두고 볼래요.'란 시의 서술로 고향에 대한 그리움을 극대화(極大化) 하고 있다.

배불리 먹을 수 있는 행복이 있습니다
그 행복은 사소하지만 늘 바람이 부는 날
푸른빛 소식처럼 조그만 주머니 행복이었습니다

노을이 곱게 물든 참 아름다운 고향과
고향 집을 지키시는 어머니를 찾았습니다
어머니는 반갑게 맞이해 주시면서 저녁 찬거리부터
걱정을 하십니다
오늘 저녁은 옛날에 먹던 손칼국수를 해달라고
부탁을 드렸습니다

검은 저녁에 어머니는 밭에 나가 낮에
히 애호박을 따다가 정성껏 손칼국수를 끓이셨습니다

검은 티가 나는 어머니의 야윈 손목과
움푹 파인 주름진 얼굴은 몽당연필만큼이나
세월이 느껴집니다
정녕 오늘 저녁은 어머니의 손 새하얀 칼국수와
어릴 적 향수까지 꽃봉오리처럼 피어났습니다

주머니 행복 그 사소한 행복이 단상의 이유입니다

－『주머니 행복』전문

이 시는, '주머니'라는 공간의 소박함을 바탕으로 어머니의 사랑이라는 거시적인 공간으로 확장되어 나가는 '모정 (母情)'에 대한 의식을 근간으로 하고 있다. 화자는 객관적인 묘사를 통해서 다양한 시적인 색채를 보여주고 있다. 한 자리에 서서 노을이 곱게 물든 고향 집, 반갑게 맞이해 주는 어머니, 밭에 나가 따 온 애호박을 보면서 그곳마다 있는 '어머니의 사랑'을 발견하는 놀라운 관찰력을 보여준다.

화자가 눈을 고정해 놓고 관찰하는 대상을 시적 공간에

구조화하는 표현 방법을 「고정시점 fixed point of view」라고 한다. 이러한 고정시점을 통한 객관적 묘사를 이종수 시 속의 작품 속에서 다수 볼 수 있는데 이와 같은 시 전개 방법은 회화적인 색채를 언어로써 상징성 있게 보여 주는 개성이 농후한 작품들이라고 할 수 있다.

결국, 주머니 행복이란 표제의 시 제목과 같이 우리의 행복은 늘 우리 곁에서 소박하게 존재하고 있으며, 큰 것에 행복이 있는 것이 아니라 시골 노모의 정성껏 끓인 손칼국수에서 모정과 행복 그리고 내 삶의 발자취가 있음을 발견할 수 있다. 이처럼 추억의 고향이 있다는 사실에 화자는 행복을 주머니와 일치시켜 상징적으로 묘사하고 있다.

청풍이 달려와
작은 개울에
아름답게 잠겨 있는
밝은 달을
살며시 흔들어

혹여나 멀리
달아나지나 않을까
하는 마음에

얼른 잡으려
두 손을 담그니

달빛은
산산이 부서져
금빛 물결 되어

밤하늘의
은하수 연못 속에서
너울너울 춤춘다

　　　　　-『청풍이 흔든 달』전문

혜원(蕙園) 신윤복의 월하정인(月下情人)이 생각나는 작품이다. 월하정인 속의 두 연인도 달빛 아래에서 두 연인의 마음은 두 사람만 아는 것처럼 『청풍이 흔든 달』속에 나오는 화자도 달을 그리워하는 사람으로 상징하여 표현하고 있다. '얼른 잡으려 두 손을 담그니 달빛은 산산이 부서져 금빛 물결 되어'를 살펴보면 원관념인 달을 통해서 그리운 임에 대한 형상을 표현하고자 함을 알 수 있다.

　　보고 싶은 임에 대한 그리움이 투영된 달이 청풍이 불어 달빛이 부서지는 화자의 안타까운 마음을 상징적인 표현으로 잘 드러내고 있다. 원관념과 보조관념이 잘 드러나는 방법을 사용하기보다는 숨은 원관념의 암시적인 뜻을 독자들에게 제공함으로써 모든 인간에게 유사한 의미나 반응을 환기(喚起)하는 원형적 상징성을 선사하고 있다. 이러한 시적 장치는 한 폭의 한국화를 언어적인 상상으로 시각화시킬 수 있는 동시에 화자의 시적 이미지를 묘사하는 의식의 세계를 표현하는 데 유용하다고 할 수 있다. 이종수 시인의 작품은 상징성과 체계적인 시적 장치 그리고 한 폭의 한국화를 감상하는 듯한 감각적 표현 등이 독보적이라고 할 수 있다.

계속해서 자아 성찰과 세상에 대한 울림이 있는 『가던 길 가시게』를 감상해 보자.

　　　　창밖으로 보이는 감나무 잎을 때리는
　　　　빗소리에 귀 기울이지 마시게
　　　　노래 흥얼거리며 느긋하게 산책하면서
　　　　무엇이 그리도 무서우신가

　　　　낡은 자동차로 질주하는 것보다 운동화 신고
　　　　주변을 찬찬히 살펴보며 터벅터벅 걸으면
　　　　그렇게 가벼울 수가 없을 것이네

　　　　무엇이 그리도 두려우신 가
　　　　안개 속을 색안경 낀 채 살아가자니
　　　　한 여름 밤 후덕 지근한 바람에도
　　　　취기가 사라져 한기가 온몸으로 퍼지긴 해도

　　　　서산마루에 걸친 저녁노을이
　　　　반갑게 맞이해 주지 않겠나

돌아가시게 꼭 돌아가시게

비바람에 폭풍이 몰아치든

맑게 개어 해가 뜨든

개의치 마시고 가던 길 가시게

–『가던 길 가시게』전문

    위의 작품은 현실적인 틀인 각자가 가고 있는 '삶의 길'을
의미하고 있다. 화자가 이야기하는 '가던 길'은 우리들의 나
아가야 하는 이상일 수도 있고 우리가 이루고자 하는 희망
과 꿈일 수도 있다. '돌아가시게 꼭 돌아가시게 비바람에 폭
풍이 몰아치든 맑게 개어 해가 뜨든 개의치 마시고 가던 길
가시게'에서 불특정 다수인을 대상으로 다른 사람을 각성
시키는 권유적인 진술을 사용하고 있다. 이를 통해서 화자
는 삶의 여유로움을 가지고 기다림 속에서 천천히 세상을
살아가자고 독자들에게 감정을 이입시키고 있다. 즉, 본연
의 굳은 의지와 가치관이 정립되어 있다면 흔들림 없는 인

생을 살 수 있다는 삶의 혜안을 독자들에게 일깨워주고 있다. '낡은 자동차로 질주하는 것보다 운동화를 신고 주변을 찬찬히 살펴보며 터벅터벅 걸으면 그렇게 가벼울 수가 없을 것이네'란 표현에서 화자는 인생의 가식을 '낡은 자동차'로 상징화시켰고 '운동화'는 우리가 살아가는 근면하고 성실한 삶의 자세를 상징적으로 묘사했음을 알 수 있다.

이종수 시인의 시는 회화적이고 감각적인 시어를 바탕으로 현실묘사와 시적 내면화가 뛰어난 작품이 다수이며, 고향, 계절 그리고 사랑의 실체와 삶에 대한 시적인 태도를 다양한 화자의 관점으로 표현함으로써 독자들에게 풍요로운 시어를 제공하고 있다. 또한, 명확한 형상의 이미지 표현을 통해서 표현하고자 하는 주제들을 상징적으로 표현하고 있으며, 실존적인 시인의 의식을 잘 담은 작품들이 『주머니 행복』이라는 표제어에 걸맞게 잘 드러나 있다.

맥락(脈絡)속에서 형성된 경험의 시학

-이정순 시집 『빗장을 열다』 해설

맥락(脈絡)속에서 형성된 경험의 시학

–이정순 시집 『빗장을 열다』해설

    문학은 서양의 리테라투라^{literatura}란 말에서 기원한다. 어떤 말의 어떤 속성, 함축성, 감정 유발성, 경험 등 인간이 향유(享有)할 수 있는 다양한 삶의 테두리가 문학이 되는 것이다. 즉, 문학의 기원적인 맥락(脈絡)은 인간이 가진 정서의 표현이며 사회구성원들이 보편적으로 사용하는 글을 통해서 상호 가치를 공유한다고 할 수 있다.

    글이라고 모두 문학이 되는 것은 아니다. 함축적이고 정서유발의 글, 서술한 자체로 충족된 의미 있는 세계를 이루는 작품들이 맥락 속에서 찾을 수 있는 문학의 가치라고 하겠다. 이처럼 문학의 한 장르인 시는 인간 내면의 세계를 경험과 융합(融合)하는 정신적인 활동이다.

문맥(文脈) 속에서 언어 조직에 대한 충실성을 도모하는 것이 기본적인 맥락 속에서 찾을 수 있는 '경험의 시학'에 대한 출발점이라고 할 수 있다.

시는 경험의 편차로 만들어진다. 한 편의 시는 기억의 근본으로 드러내기 기법과 감추기 기법의 편차(偏差)를 시 속에 화자를 투영하여 감각적인 표현을 사용하여 마무리 된다.

이정순 시인의 시집 「빗장을 열다」는 현대 시가 가진 맥락 속에서   경험 소재로 감각적인 형상 다양하게 표현한 작품집이다. 표제시 「빗장을 열다」는 화자의 경험적인 맥락을 통하여 시적인 전개과정을

　표현하고 있다.

　　　　달그락 달그락
　　　　대문 틈새 손가락 디밀어
　　　　빗장을 열다
　　　　내 마음 열리는 소리 들리다

화초들 반 뼘이나 자라 있고
분합문에 갇힌 휑한 대청마루
고운 먼지로 허허롭다
마실 떠난 어머니
오늘도 소식 감감한데

그득한 장독대
주인 손길 기다림에 지친 몰골
그제 내린 빗물인지 눈물인지
점점이 얼룩 흔적들
밀려드는 설움

눈 설레 마주한 날
자드락 비 몰아친 날
햇빛 쨍쨍한 날
분주하던 어머니
투명한 그리움

한바탕 쓸고 닦고

어머니 마중하고픈 오늘

-『빗장을 열다』전문

문을 닫고 가로질러 잠그는 막대기인 '빗장'을 시의 소재로 도입하여 추억의 경험을 독자들에게 인지(認知)시키는 동시에 그리움을 발현시키는 소통의 창구 역할을 하고 있다.

개인의 삶이 화자가 가진 삶인 동시에 맥락과 화자의 경험을 일치시키고 있다. 화자는 '빗장'이란 매개체로 어머니에 대한 사무친 그리움을 절제(節制)하면서 살아왔다. 어머니가 계실 것 같은 공간 속에 어머니의 손길이 닿은 화초, 대청마루, 장독대 등 추억의 사물들을 도입하여 어머니에 대한 간접적인 만남을 꿈꾼다. 지금은 화자의 곁에 없는 어머니에 대한 한없는 그리움이 작품 속에 다양한 시어들을 통해서 녹아 있다.

'한바탕 쓸고 닦고 어머니를 마중하고픈 오늘'에서는 어릴 때, 집 안 청소를 해 놓고 칭찬받고픈 아이의 마음이 투영되어 있으며, 돌아가신 어머니가 오신다는 동화적인 판타지적 요소도 결합되었음을 알 수 있다. 「빗장을 열다」작품은 시공을 초월한 장면과 교감(交感)을 통한 기발한 상상의 세계로 독자들을 초대하고 있으며, 어머니와 화자의 만남을 읽는 이들은 기대하고 있을 것이다.

어쩌다 쓰는 반짇고리가 선반 꼭대기에서
외로움에 지쳐있다
게으름이 일상이 되어버린
대충대충 삶의 굴레

내친김에 반짇고리를 엎어놓고 뒤적뒤적
색감과 자태가 곱디고운 실패 두 개
빛바랜 나뭇결 사이사이
세월이 고스란히 묻어 있다

긴긴밤 지새우며 고된 바느질
모정(母情)이 녹아있는 실패의 향기

자연스레 내 몫이 된 보물인 것을
모른 척한 부끄러움

실타래를 양 손목에 끼고 팔을 벌리면
빠른 손놀림으로 실패에 실을 감던 어머니
엊그제 같은 추억 속 이야기
요동치는 그리움

                    -『실패』전문

　사회 변화와 함께 우리의 삶도 변화되었다. 특히, 의복
의 변화는 일반 가정에서 구비하고 있던 의복 관련 도구에
대한 큰 변화를 가지고 왔다. 시제에 나오는 '실패'는 현재
의 세대가 일반적으로 사용하던 도구가 아닌 구세대의 어
머니들께서 일상적으로 사용하시던 얇고 편편한 나무로 만
든, 실을 감아 두는 작은 도구다. 화자는 '실패'란 사물을 시
적 장치로 사용하여 그리움을 만나는 은유적 통로 포용(包
容)하는 동시에 특유한 시적 긴장감을 빚고 있다.

'어쩌다 쓰는 반짇고리가 선반 꼭대기에서 외로움에 지쳐있다.'에서는 모티브의 유사성을 설명하는 이론의 하나인 토포이 topoi 기법을 사용해서 어머니에 대한 그리움의 상징적인 논거로 제시하고 있다.

화자 어머니의 손때가 묻어있는 실패를 통해 '모정'이라는 시의 주제를 정서적 심층의 세계로 깊이 있게 표현하였다. 또한, 실패를 쓰던 어머니와 같은 공간에 있는 화자는 실패를 통해서 회상의 오버랩 over lap 을 추출(抽出)하여 추억의 실타래를 풀고 있다.

우리가 기억하는 내용은 일반적으로 기호 내용이다. 시는 기호표현의 기억을 요구하는 언어표현이라고 할 수 있는데 이정순 시인의 시 전반에서는 자신의 경험 속에 있는 다양한 사물을 추출하여 시적 주제로 형상화 시키는 과정의 기교가 매우 뛰어나다.

이정순 시인의 작품세계는 시인 자신의 개인적인 경험을 통해서 시적 미학으로 발전시키고 있으며, 실존적(實存的)인 체험을 통해 기억을 복원하고 재현하여 시인의 특유한 시선으로 시를 전개하고 있다. 또한, 시인은 특유한 미적 통찰력을 바탕으로 직관적인 표현을 초월하여 상상력의 도입과 판타지적인 동화요소를 결합하여 이정순 시인만이 가지고 있는 독창적인 시의 세계를 구축하고 있다.

환경감수성 Enviroment Sensitivity 을 통한 문학적 생태의식

— 유승도 시를 중심으로

환경감수성Enviroment Sensitivity을 통한 문학적 생태의식
　ー 유승도 시를 중심으로

감수성Sensitivity이란 유기체가 내외계의 자극변화를 수용하는 능력으로 넓은 의미로 감각의 예민성이라고 정의할 수 있다. 환경감수성Enviroment Sensitivity은 시창작 과정의 정서적인 모태가 되는 동시에 모든 자연 사물을 보는 화자의 관점이 되기도 한다. 　시를 향유하는 모티브는 화자의 주변 자연 환경을 둘러보고 체험하며 이를 통해 환경 생태 친화적인 시적 태도와 화자의 관점을 가지는 중요한 요소가 되기도 한다.

　환경 감수성은 시인의 감정이입으로 자연환경과 인문학

적을 포함한 삶의 요소 전반에 대하여 시적 전개의 초석이 되는 동시에 자연의 아름다움에 대한 승화와 산업사회의 병폐화에 따른 다양한 시적화자의 관점이 전개되기도 한다. Mayer-Tasch는 독일의 생태시에 관한 내용 소개에서 생태학과 시의 접목을 생태시라고 정의하기도 하였는데 환경감수성의 발현은 생태시와 시인의 문학적인 생태 세계관에 작품으로 녹아 있다고 볼 수 있다.

이와 같은 우리시대의 생태감수성을 바탕으로 시를 향유하고 자신의 환경과 가장 가까운 주제를 이용하여 시의 제재를 찾는 동시에 동물과 식물의 한 살이 과정을 농부로서 직접 이해하는 생태지향적이며, 모더니즘적 생태지향시의 대표적인 화자가 유승도 시인이라고 볼 수 있다. 생태파괴의 은유적인 표현과 인간 고독의 정서가 들어 있으며 에코토피아적인 생태의식이 시적으로 완성되어 현실을 직관하는 시상이 뛰어난 시인이라고 할 수 있다.

유승도 시인의 작품세계는 인간과 자연물의 관계성을 통해서 가공의 인공물이 아닌 자연 그대로의 생명과 환경의 유관성(有關性), 상의성(相依性)을 탐색하는 생태의식을 바탕으로 하고 있다. 또한 환경감수성이 문학에 투영되고 사실감과 환경생태시의 공감성을 지향하고 있어 읽는 독자들로 하여금 환경생태의 보전 타당성과 자연의 심미감을 시에서 전반적으로 포괄하고 있다. 비록 다양하고 독특한 시어의 선택성은 보이지 않지만 편안한 일상적인 시어를 통한 간결한 문장의 힘을 보여주고 있다. 유승도 시인의 작품에서 시어의 선택은 자연생활 속 보편적인 시어를 선택하고 있지만 시어의 종합적인 맥락을 통합적인 문장의 완결성은 화자의 생태감수성의 강렬한 인상을 독자들에게 주고 있음을 알 수 있다.

유승도 시인은 『문예중앙』 신인문학상에 『나의 새』 외 9편이 당선되어 작품 활동을 시작하였다. 시집으로 『작은 침묵들을 위하여』 『차가운 웃음』 『일방적 사랑』 『천만년이 내린다』 『딱따구리가 아침을 열다』 『수컷의 속성』등의 시집을 출간하였으며 현재 강원도 영월 망경대 산에서 농사를 조금 지으며 문학 창작활동을 하고 있다.

유승도 시인의 시는 생태적인 가치관을 가지고 풍부한 자연적인 경험 위에 생명적인 감수성과 상상력을 발현, 체험하여 자연중심의 삶의 토대 위에서 인간과 자연의 관계성과 생명의 장을 열어주는 독특한 자연의 문장들이 녹아 있다.

생태중심적이고 자연환경에 대한 체계적인 시인의 환경 생태 인식으로 독자들에게 자연의 심미감(審美感)을 주는 동시에 현대인들에게 자연의 섭리와 환경지속성에 화두를 던져주고 있다. 이에 유승도 시인의 환경감수성 Enviroment Sensitivity 을 통한 문학적 생태의식에 대하여 생태적인 관점에서 유승도 시인의 작품을 평론하고자 한다.

소로우 H. D Thoreau 의 저서 [월든 Walden] 속에 생태주의 자연감수성에 대한 사유의 관점을 서술하고 있다. 즉, 자연에 대한 공감적인 관찰과 생명체에 대한 외경심을 본받아야할 삶의 태도로 인간의 본질적인 성찰(省察)인 동시에 진실하고 소박한 삶의 태도 속에서 스스로 택한 '자발적인 청빈함' 속에서 인간과 자연의 조화로운 삶의 가치와 질서를 확립하는 의식의 존재로 파악하고 있다. 유승도 시인은 시를 쓰기 위해서 스스로 농촌의 자연환경을 택했고 또한 스스로 농부가 되어서 살아있는 모든 것들을 자연의 관점으로 보고 자신의 삶으로 돌아보는 작품들을 발표하였다. 유승도 시인의 환경감수성을 통한 문학적 생태의식을 네 가지 관점으로 접근하고자 한다.

1. 자연에 대한 흥미와 관찰적인 관점으로 구체적인 초월성(超越性)

현대 시문학에서 자주 사용되는 「자연」이란 낱말은 본래 동양의 낱말이지만 그 의미는 주로 유럽의 문학 전통에서 왔다. 고대 그리스 시대의 자연은 감각적으로 선명히 파악되는 집합체로 인식되었고 생물과 사람뿐 아니라 신들도 그 속에서 산다고 생각해 왔다. 더 나아가서 자연주의는 19세기 과학의 자극을 받아 형성된 하나의 철학적인 사고인데 자연주의를 사실주의로 묘사하는 기법을 사용하여 사람을 자연 속에서 생겨난 하나의 동물로 본다.

한 마리가 늘었다

닭장을 벗어나 거니는 닭이 한 마리 늘었다 매일 홀로
뛰쳐나와 돌아다니더니,
포섭한 것인지 부러웠던 닭이 따라온 것인지
어우러져 다니는 모습이 신혼부부다

어째 짝을 찾으니까 좋냐? 물으니
그렇다는 듯 나란히 발걸음도 맞추어
곤드레나물 밭을 거닌다
다가가는 흉내만 내도 걸음을 빨리하여 달아나던
어제의 닭이 아니다

그런데 너희 외에 나올 애들이 더 있는 건 아니지?
둘이 파헤치고 쪼아 먹는 것만으로도 텃밭이
엉망이   돼 가는데.

　　　　　　　－「한 마리가 늘었다」전문

자연주의자들의 사고가 시 『한 마리가 늘었다』에 잘 나타나 있는데 혼자 외로이 닭장 밖을 뛰쳐나와서 혼자 놀던 닭에 대하여 시인은 닭장 속으로 다시 집어넣어 사육하는 것이 아니라 닭의 적자생존, 자연도래, 생존경쟁을 인정하고 자연주의 관점에서 그냥 놓아두니, 어느새 두 마리가 되어 노니는 모습에 동물이 생존하고 인간처럼 사랑을 찾고 즐길 줄 아는 연인의 모습으로 승화(昇華)시켰다.

자본주의 관점에서는 한 마리가 밭을 엉망으로 만들었던 사태를 두 마리가 배로 밭을 파해치고 쪼아 먹어 피해가 매우 컸으리라 생각된다. 하지만 시인의 자조적인 관점으로 사람이 지배하는 자연이 아닌 자연을 함께 공유하고 인간처럼 사랑을 나누고 함께하는 것도 동물의 숙명적인 삶으로 시인은 보고 있다.

둥글다

해 달 화성 토성
누군가는 죽고 누군가는 태어나고

봄 여름 가을 겨울 봄
잎 꽃 열매

하루 이틀 사흘 나흘
갔다가 오고

윤회와 돌아가다
앞으로 앞으로 가다 보면 제자리
그래도 또 가는 사람
머리 콧구멍 입 눈

- 「둥글다」전문

　　이미지, 비유, 상징 등은 결국 시적인 묘사를 잘하기 위
한 수단으로 사용되는데 자연과 우주의 근본은 둥근 것에
서 출발한다. 우리 인간도 머리, 콧구멍, 입, 눈처럼 둥글게
결국 순환하는 자연의 이치를 거슬러 살 수는 없다는 화자

의 생각이 표현되어 있다.

자연과 인간의 순환성(循環性)과 돌아가는 자연 현상을 통해서 인간 중심의 관점의 세상이 아닌 돌고 도는 윤회의 사상을 바탕으로 결국 자연으로 돌아가는 인간들은 자연의 본성을 깨닫고 자신의 삶을 비추어 보면서 삶의 방향을 모색하고자하는 시감(詩感)을 형성하고 있음을 느낄 수 있다.

2. 자연을 통한 자아성찰(自我省察)적 인식

유승도 시인의 시 속에 나타난 생태의식은 자연스럽게 생활 속에서 녹아 있는 동시에 생명체를 자세히 관찰한다. 또 다른 자연 속 우주세계를 볼 수 있는 직관적이고 세부적인 자연의 발견은 유승도 시인의 시 속에서 인간과 함께 존재하고 때로는 인간보다 더 위대한 위인처럼 묘사되기도 한다. 자연이 정지 상태로 머물러 있는 것이 아니라 생성 변화로 보고 자아성찰(自我省察)의 엄정성을 느끼고 자연을 보며 성찰하려는 진지한 태도가 드러나 있다.

진딧물 목장

거무튀튀한 색깔로 변하는
곤드레 줄기가 이상도 하여
주저앉아 살펴보니 오동통 물이 오른
진딧물이 다닥다닥
붙었다 이놈들이
곤드레가 맛있다는 건 어찌 알았는고
신통하다 싶으면서
징그러움이 묻어나는 중에 '어!'
개미들이 진딧물 위로 오르내리는
모습이 보인다
그렇지 이놈들이 여기다 옮겨놓았구나
징글맞은 놈들은
진딧물이 아니라 개미들이구나
나물을 재배하는 게
아니라 진딧물 먹이를 제공하고 있었구만
이 많은 진딧물을 이리 평온하게
기르고 있다니 나도

모르게 나를 일꾼으로 부리고 있다니
개미들이 나보다 커다랗게 보이기 시작했다

−「진딧물 목장」전문

　전통적인 서정시는 음풍농월이나 개인사적인 상념이나 감동을 노래하고 전원적이나 목가적인 것을 주로 주제로 선정하였다면 유승도 시인의 시는 지구에 사는 모든 생명체의 존재 이유에 대한 깊은 사색과 위대함을 일상생활 체험을 통하여 시적인 관점으로 풀어가고 있다. 시적인 화자가 곤드레를 재배하는데 진딧물이 곤드레 붙어 진딧물의 삶의 공간으로 표현하였다.

　'이놈들이 곤드레가 맛있다는 건 어찌 알았는고 신통방통하다 싶으면서도'에서 화자는 인간도 맛 집을 찾아 여기저기를 먼 곳을 찾아가는데 진딧물 또한 곤드레를 먹으러 이곳까지 왔다는 자체에 해충이라는 사실 전에 진딧물들이 찾아 온 것에 대한 감탄을 한다. 그리고 개미들이 진딧물을 곤드레 밭으로 옮겨 놓은 것에 대한 분노가 아니라 개미의 생태적인 지혜를 엿보고 감탄하는 경지는 유승도 시인만이 가질 수 있는 자연사랑의 정신이다.

공생(共生)이란 각기 다른 두 종이 서로 영향을 주고받는 관계를 말하는 데, 개미는 진딧물의 이동 경로에 도움을 주거나 천적으로부터 보호해 주고 진딧물은 수액을 개미에게 제공하는 것처럼 곤드레 밭에서 일어나는 생태현상을 통해서 삶에 대한 공생의 의미와 자기 성찰적인 의미를 내포하고 있음을 알 수 있다.

새의 마지막을 위하여

비닐하우스에 들어가니 박새가 죽어 있다
눈 덮인 산야에서 먹을 걸 찾아 문틈을 비집고
어찌어찌 들어왔다가 나가질 못해 죽은 모양이다
비닐에 부딪혀 떨어지면서도 기어이 하늘로
날아가려던 새가 눈에 밟힌다
묻어줄까? 손바닥에 놓으니 무게가 느껴지질 않는다
이놈이 새지? 새가 땅에 묻히는 일은 없지

새는 땅 위에 떨어져 생을 마치는 거지

하늘을 날다가 날다가

아무나 먹어라 나무 밑에 '툭' 던져주었다

-「새의 마지막을 위하여」전문

　　인간과 자연은 죽음을 통해서 모두 다시 자연으로 돌아
가거나 생태계 순환 원리를 통해서 동물은 누군가의 먹이
가 되기도 한다. 인공적으로 만든 비닐하우스에 들어와 죽
은 박새에게 미안한 마음으로 "비닐에 부딪혀 떨어지면서
도 기어이 하늘로 날아가려던 새가 눈에 밟힌다."라고 표
현하고 있다. 화자가 자연의 구성요소 제재인 박새를 통하
여 인간들의 풍요로운 삶을 가꾸기 위한 시설이 죽음의 덫
이 되었음을 인지한다. 하지만 새는 자연의 이치와 생태계
의 순환에 맞게 누군가의 먹이가 되어 우주와 생태계의 근
원적인 질서에 순응하고자하는 자기 성찰적인 자세가 표현
되고 있다. 결국, 죽음은 모든 존재들이 피할 수 없는 삶의

종착지이고 모든 존재들이 겪어야하는 생태계의 조화로운 삶의 마지막 과정으로 인식하고 있다.

3. 자연과 공생하며 생태적 자조적(自嘲的)인 삶을 지향

의식주 문제에 대해 사람들이 살아가는 데 필수적 요소이긴 하지만 필요 이상의 욕심은 허영(虛榮)과 세속적(世俗的) 욕망으로 시를 창작하고 향유하는데 위험한 요인이 되기도 한다. 시인들은 스스로의 청빈함을 통해서 자연에 동화되기를 자초한다. 자연과 효과적으로 대화를 나누기 위해 관찰, 느낌, 오랜 자연과의 깊이 있는 대화와 사색을 통해서 생태적인 시어로 조직적으로 풀어나가고 있다. 자연과 소통하는 시적 대화를 통해서 생태적 환경의 다양성을 몸으로 체험하고 체득하며, 자연과 하나 되어가는 시인의 자연사랑 능력을 조화롭게 보여준다.

도토리 줍기

이제 그만 줍고 가야지 아 동근이네 기정이네
주울 것도 남겨놔야지 멧돼지도 생각해야지 밤새
도록 낙엽 들쑤시고 도토리 서너 개 얻으면 살맛이
나겠어?
낙엽에 덮인 도토리가 많아서 지나간 자리라도
또 있다니까요
그런 건 숲에 사는 애들 거라니까 그만 일어섭시다
숲의 적막은 언제나처럼 깊어 나와 아내의 발자국
소리와 이야기 소리도 나무 아래서 맴돈다
우리도 숲속 동물인데요 뭐, 먼저 가봐요
난 이나무 밑의 것만 줍고 갈 테니
의리 없게 어찌 혼자 가누 근데 도토리가 많기는 많네
주워도 주워도 도토리는 보인다 주운 곳도 다시 보면
보이지 않았던 도토리가 얼굴을 씩 내민다
아이구 허리야 이젠 정말 갑시다 싹싹 주우면 욕하는
소리가 집까지 들여온다니까

　　　　　　　　　　　　　　　－「도토리 줍기」일부

자연과 소통하는 비폭력적인 대화는 언어에 대한 통찰에서 출발한다. 이러한 통찰을 거친 언어는 생태적인 세계로 자유롭게 넘나드는 방식으로 활용하였다. 도토리의 작은 자연물도 생태계에서 살아가는 숲속 동물이나 같이 살아가는 이웃들과 함께 나눠서 먹는 연민과 사랑의 생태적인 감각이 돋보이는 시이다. 도토리라는 이미지를 통해서 시인의 관념을 직접 진술하지 않고 이미지를 통해 전달한다. 시적 화자는 동일화의 원리인 동화assimilation 나 투사 projection 의 방법을 통해서 이웃들과 자연을 나누고 공생하는 방법을 대화를 응용하여 전개하는 것에 초점을 두고 있다.

"우리도 숲속의 주인"이라는 아내의 주장을 통해서 자연과 동일시되는 동시에 자연의 일체화를 통해 청빈한 자조적인 삶을 독자들에게 보여주고 있다. 도토리를 통해서 자연과 인간의 소통과 필요이상의 욕심을 내어 도토리를 줍는다면 자연의 삶을 누리는 타인의 삶에 영향을 줄 수 있어서 소박해야 더 많은 풍요를 누릴 수 있는 것이 자연인으로 사는 삶의 모습이라는 인식을 보여주고 있다.

행운

집으로 이어진 오솔길 가에 난 취나물을 뜯으려는데
하얀 새똥이 묻어 있는 잎이 보인다
'뜯을까'하다가 지나쳤다

새에겐 취나물 잎도 변소다 내 머리도 어깨도 변소다
자기보다 낮게 나는 새의 등이나 날개도 변소다
희한하기도 하지 그 많은 새들이 머리 위로 날아갔건만
새똥을 맞은 기억이 없다

내 손에 뜯겨 사람의 밥상에 오르는 일을 피했으니
방금 지나친 취나물에게 새똥은 행운일까
뒤돌아 바라보니 찡그린 얼굴이 아니다

– 「행운」전문

여기서 새똥은 인간 세상에서 알 수 없는 불운을 내포(內包)하고 있다. 자연물인 새똥의 주제 도입을 통해서 시인의 특유한 직관적인 소산이 들어있는 동시에 취나물과 새똥의 색깔 대조적 이미지를 통한 선명한 시각적인 인상도 함께 전달하고 있다.

새똥을 매개어로 불운으로 보이는 것이 때로는 행운으로 바뀌어 생각지도 못한 행운을 줄 때도 있다는 독특한 의미를 강조하고 있다. 유승도 시인의 시는 자연을 매개물(媒介物)로 하는 깨우침과 자조적인 관점을 시의 흐름에 전개함으로써 오묘한 이치의 자연 질서와 관조적(觀照的)태도로 자연 속의 인간의 삶을 투영하고 있다.

4. 초월적 상상력과 생태보전(生態保全)적 삶의 지표

유승도 시인이 자연 친화적인 상상력을 통해 삶의 깨달음과 우주와 생태 이치에 깨달음을 통찰하고 추구한다. 자연과 공감하고 동물과 식물의 관계를 인간의 관점에서 보는 것이 아니라 그들의 삶 자체의 관점으로 보고 시를 표현한다. 자신의 문학적 지향점을 자연을 통해서 가장 직접적으로 표출하며 시정신과 구도적인 자세를 단적으로 보여주고 있음을 알 수 있다.

구름이 오고 가는 길목에

나를 감싼 구름이 산등성이를 타고 산정을 향해
오르는 모습에 시선을 던지고 있다가 어느새 다가온
다른 구름에 잠기길 몇 번
'이 허연 입김이 신선의 모습이려니' 생각하는 봄날
가랑비가 끊임없이 날려 나를 적시는 가운데, 꽃이
피어나는 소리가 들린다
풀이 자라나는 소리가 들인다
가지마다 주렁주렁 달린 물방울이 웃는 소리가 들린다
홀연히 나타난 박새가 산수유꽃과
꽃 사이를 날아다니다
폴짝 뛰어내려 풀잎과 풀잎 사이를 톡톡 뛰어다닌다
몸을 넉넉히 가려주는 풀잎 아래에 들었다가 나뭇가지

위로 파닥 올라 산모퉁이 너머를 바라보다

구름 속으로 휘익

솟구쳐 모습을 감춘다

- 「구름이 오고 가는 길목엔」전문

위의 시는 자연의 위대한 생명력과 순수성을 상상력을 승화시켜 성장의 아름다운 소리를 듣는 상상의 나래를 펴고 있다. 이를 경험함으로써 봄에 모든 생명체가 탄생하는 것처럼 우리의 순수성도 자연의 삶을 통하여 회복할 수 있고 자연과 동일시되어 자연의 목소리를 진정들을 수 있다는 시인의 상상력이 돋보이는 작품이라고 할 수 있다.

구름은 생명체를 더욱 건강하게 만드는 물을 가지고 있는 동시에 빗소리와 전율이 자연물의 성장의 소리로 이어지는 영감을 시상으로 표현하고 있다.

버드가지를 타고 노는 강아지들

버드나무 가지마다 통통한 몸에 털이 복슬복슬 난
강아지들이 올라타 바람 따라 흔들린다
'바람아 나도 가자'며 후다다닥 하늘로 내달리다가
땅 아래로 미끄럼을 타기도 하면서 앙앙앙 엉기고
부딪치고 매달리고 뛰어오르느라 야단이 났다
하얀빛에 연둣빛과 노란빛이 어른거리는
버들강아지들이
아랑아랑 햇살을 간질이며 뛰어노는 일렁임에
주변의 벌거벗은 나무들이 멋쩍은 듯
'아함' 기지개를 펴는 한낮

                    −「버들가지를 타고 노는 강아지들」전문

    자연은 서정시의 궁극적인 테마인 동시에 감각을 통해
사유와 자연의 대상을 표현한다면 자연과 동화된 순수한
감수성을 느낄 수 있을 것이다. 위의 시에서 다양한 감각적인 표현을 통해서 한 낮의 자연풍경을 생명력의 상호 교가 방식으로 관조적으로 표현하고 있다. 의인화 대상의 생태적인 특징이나 특질을 살려 정형화된 시의 구조적인 형태가 아니라 시인의 상상력의 통한 한낮의 풍경을 감각적으로 표현이 돋보이는 시이다. 시적인 화자에게는 물아일체(物我一體)로 자연의 아름다운 풍경을 비유와 상징적 묘사를 통해서 자연의 아름다움을 꾸밈없이 합일의 교감으로 표현하고 있다.

유승도 시인의 시세계는 바로 환경감수성Enviroment Sensitivity을 통한 문학적 생태의식을 바탕으로 시를 표현하고 있다. 시인은 조용한 생명의 신비를 관조하면서 그 의미를 발견하고 깨닫는다. 때로는 자연을 통해서 생명의 숭고함을 알고 시인의 눈으로 독자들에게 생명의 신비함과 자연적인 감수성을 사실적으로 다양한 시어들을 통해 전달하고 있다. 더불어 공존하는 공생의 의미를 가장 큰 화두로 도입하여 자연을 이치대로 보는 지혜들을 시속에서 알려준다.

문학이 존재하는 것들에 대한 사랑과 연민이라고 할

때, 유승도 시인의 시는 자연과 인간애 그리고 시 속의 제재로 도입된 동물과 식물의 자연스러운 생태적 원리를 가공하고 편집해서 해석하는 것이 아니라 있는 그대로의 존재 의미를 새롭게 부여하는 생태의식 성찰적인 모습으로 독자들에게 감정의 여백을 준다.

시어(詩語)에 색(色)을 입히는 젊은 시인들의 향연
- 김유명, 정소라, 이중건 공저 시집

시어(詩語)에 색(色)을 입히는 젊은 시인들의 향연
　- 김유명, 정소라, 이중건 공저 시집

　프랑스의 오르세^{Orsay}미술관은 인상주의(印象主義) 화가들의 작품이 있는 곳으로 유명하다. 또한, 그들만의 색채를 가진 독특한 화풍이 그림을 좋아하는 이들의 발걸음을 내딛게 한다. 이처럼 현대시에서도 인상주의 화가들의 신선함처럼 젊은 작가들의 시풍(詩風)은 미래에 나타나는 시의 흐름을 현실에서 예측할 수 있고 감상 방향의 기준점이 될 수 있다. 또한, 젊은 시인들의 작품은 다가오는 미래의 시의 흐름을 미리 감지할 수 있는 초석(礎石)이 될 수 있다. 이에 시의 작품성과 대중성, 그리고 젊은 감각을 가진 3인(人) 3색(色)의 시인들에 대하여 독자 여러분들에게 소개하고자 한다.

첫 번째로 소개할 김유명 시인의 시의 특징을 살펴보면, 일인칭 주인공 시점으로 화자(話者)의 마음을 서정적으로 노래하는 상징, 서사, 묘사 등, 다양한 시적 장치를 구성하는 시적 전개의 표현이 뛰어난 시인임을 알 수 있다. 김유명 시인의 작품은 그리움과 사랑, 자아의 독백으로 축소된 대상을 확대의 개념으로 언어의 확장성(擴張性)이 돋보이는 작품들이 다수이다. 이는 이미지나 사물에 대한 뛰어난 관찰력을 가지고 있는 동시에 화자의 억제된 정서와 표현하고자 하는 대상의 이미지를 부각(浮刻)시키는 능력이 뛰어남을 볼 수 있다. 특히, 작품 중에서『비상』『가끔은 삼겹살도 슬퍼』『하루살이』세 작품은 통념적 상식과 판단력을 전환하여 시인의 언어의 색깔로 전체의 시적 흐름을 응축해서 담고 있는 우수한 작품이라고 할 수 있다.

두 번째로 소개할 정소라 시인의 시는 맑고 투명(透明)한 한 편의 시와 동화의 절충적인 판타지fantasy를 보는 듯하다. 시의 원류(源流)는 우리말에서 가락과 리듬의 발현으로 생성되었다. 정소라 시인의 시는 시의 원류에 충실한 동시에 계절, 자연물, 시간과 공간, 주변 인물 등 다양한 소재를 도입하여 체험과 사유의 시선들을 무지갯빛 언어로 정갈하게 빚어낼 줄 아는 시인이다. 시를 창작하기 위해서는 관점의 방향이 작품의 질을 결정하는데 정소라 시인의 작품은 시적 화자의 목소리tone가 읽는 독자들에게 주제를 선명하게 보여 주는 시적인 색채가 뛰어난 시인임을 보여준다. 특히, 『가을이 오는 소리』는 청각적인 시어를 도입하여 가을의 정취를 실제로 느끼게 해 주는 작품이라고 할 수 있다.

시인이 시를 쓴다는 것은 창조적인 행위지만 자신의 삶을 근간으로 사물을 보고 현실화 시키는 행위라고 할 수 있다. 비록 성인이지만 소녀의 감성적인 관점으로 맑고 투명한 언어적 색채 기법으로 표현하고 있으며, 정소라 시인의 시는 현대시의 나아갈 방향을 모색할 수 있는 시류(時流)의 나침반 역할을 하고 있다.

마지막으로 소개할 이중건 시인의 작품의 특징은 간결하고 상징성이 강한 화자의 목소리를 담고 있다. 19세기 중엽에 프랑스에서 일어난 문학 운동이 상징주의(象徵主義)이다. 이와 같이 감각과 상상의 정서적 표현 중첩(重疊)이 이 중건 시인의 작품 흐름에 강렬하게 구축되고 있음을 알 수 있다. 섬세한 사람만이 가진 영감의 흐름을 통해서 직관적으로 보고 상징적으로 표현하는 능력이 매우 뛰어난 작품들이 많이 보이는데 시집 작품 중에서 『화가』 『조화』 『커튼』은 현대인들이 무심코 지나치는 사물들을 깊이 있게 사유하고 짧을 순간들을 시적으로 표현하여 독자들에게 강렬한 인상을 주고 있다.

문단(文壇)에 등단한 젊은 시인들은 많다. 하지만 자신만의 색깔을 가지고 인상주의 화가들의 도전적인 화풍을 일구듯이 문학적인 시풍(詩風)을 용기 있게 그려나가는 젊은 시인들은 많지 않다. 그것은 시인의 고뇌와 사유가 내면 깊은 곳에서 끓어오르지 않고 시작(詩作)에 대한 강한 열망이 없어서 글 속에 표현된 못한 것으로 생각된다. 하지만 위에서 소개한 김유명, 정소라, 이중건 시인들의 작품은 한국 현대시에서 젊은 작가의 나갈 방향을 제시하고 있는 동시에 상투적으로 쓰인 시가 아닌 자신의 언어적인 색깔로 시어를 빚는 '언어의 화가'라고 독자들에게 소개하고 싶다. 16

세기 프랑스 문학의 카니발레스크 carnivalesque 와 조선 시대 보부상들이 즐겼던 놀이 문화 '난장'처럼 상투적인 모습과 일상을 깨고 자신만의 시풍(詩風)을 그려나가는 젊은 시인들이 우리나라 시단에 많이 배출되길 기대해 본다.

아동문학 속에 담긴 도덕적(道德的)의식 고찰

-『작은 돌멩이의 꿈』단편 동화집 작품을 중심으로

아동문학 속에 담긴 도덕적(道德的)의식 고찰
–『작은 돌멩이의 꿈』단편 동화집 작품을 중심으로

1. 들어가며

  동화는 어린이들에게 가장 주도적인 삶과 지혜를 주는
문화적인 힘이 되고 어른들에게는 과거의 경험이 녹아 있
는 삶의 가교(架橋) 역할을 하고 있다. 동화를 통해서 어린
이들은 동화 속에 등장하는 주인공들의 인생을 치밀하고
정교하게 관찰할 기회를 제공하고 어린이는 읽기 활동 중
에 자기 성찰과 무의식 속에서 도덕적 경험을 간접적으로
학습하게 된다. 자신의 세계를 가진 동화 작가들이 도덕적
인 주제 의식을 가지고 이야기의 개연성(蓋然性)과 설득력을

전개하는 활동은 아동문학 중에서 동화의 중요한 근본적 역할이라고 할 수 있다.

작품을 통해서 작가는 인지적, 정의적, 행동적인 접근을 통합적인 관점에서 추구하는 동시에 합리적인 도덕적인 결정을 읽는 독자가 할 수 있도록 지혜의 깊이를 준다. 또한, 동화의 주제를 통해서 독자는 도덕적인 실천의 깊이를 스스로 일깨우고 실생활에서 다양한 도덕적인 의식을 형성한다. 이를 통해서 도덕성, 문화적인 소양과 다원적 가치의 이해를 바탕으로 인류 문화를 향유(享有)하고 발전하는 초석의 근원을 제공하고 있으며, 구성원들 사이에 판단과 행위의 준거를 작품 속에 찾을 기회를 독자들에게 제공하고 있다.

동화는 우리가 진정한 삶을 살아가는 데 가장 필요한 다양한 삶의 가치관을 배울 수 있고 인간애, 인류애, 환경 사랑, 나라 사랑에 대한 도덕적인 가치관을 자연스럽게 체득할 수 있다. 또한, 도덕적 관점에 기초한 도덕화moralizing와 경험을 제공하여 도덕적인 가치 규범을 습득할 수 있는 가장 좋은 교육적인 자료가 되고 있다,

현재 초등학교에서는 '한 학기 한 권 책 읽기' 독서 교육

에 도덕과 국어과를 연계하여 통합적으로 일선 학교에서 지도하고 있다. 이를 통해서 자아 성찰의 자료로 동화 작품을 교육적으로 활용하고 있다는 사실에 동화 작품의 중요한 가치를 보여 주고 있다.

아리스토텔레스는 그의 저서 『니코마코스 윤리학^{Ethica} ^{Nicomachea}의 첫머리를 모든 기술과 탐구, 모든 행동과 추구는 어떤 선(善)을 목적으로 한다는 말로 시작하고 있다. 이는 동화 주제 형상화의 중요한 요소이며, 이야기의 개연성과 설득력의 소재가 되고 있음을 알 수 있다. 동화를 통한 간접 경험은 갖가지 감정을 유발하고 감정의 양상을 토대로 후천적인 경험과 학습을 통해서 주인공과 같은 의지, 동기, 신념, 태도, 도덕성, 가치관을 가질 수 있도록 한다,

동화 작품을 통한 도덕적 정서는 도덕적인 행동을 자의식(自意識)에서 끌어내며, 본능적인 욕구를 극복하여 도덕적인 행동의 의식을 할 수 있는 동기를 부여한다. 즉, 주인공이 가진 결핍의 극복 유형을 모범으로 삼아 자신의 극복 의지와 일치시킨다. 그리고 심리적인 작용 활동을 통해서 성찰하는 무의식의 반복 기회를 작품은 제공한다. 또한, 아크플롯과 미니플롯의 다양한 결말을 도입해서 때로는 주인

공이 가진 이야기 속의 결말들을 속 시원하게 들여다보기도 하고 반대로 주인공이 가진 모든 문제의 대부분은 대답을 찾지만 읽는 독자들에게 화두 몇 가지를 남기는 이야기의 전개를 마무리하기도 한다.

동화는 인간의 감정을 간접적으로 교류하고 언어를 풍부하게 해주며, 생활 태도 형성과 독해력 증진에 도덕성 함양과 더불어 성장기 어린이들에 종합적인 사고력 발달에 유용하다고 하겠다.

2. 동화를 통한 도덕적 정서 함양

칸트 Kant 는 인간이 도덕적인 존재가 되고자 하는 한, 타당한 도덕 법칙이 명령하는 바를 존중하고 그것을 따라야 한다고 말한다. 사람은 도덕 법칙을 존중하고 따를 때, 비로소 인간다운 인간이 될 수 있다고 언급하고 있다. 부모님들과 어린이들이 동화의 도덕적 유용성 (有用性)을 인지하고 동화를 통해 도덕적 인간의 근본적인 모습을 탐구한다면 삶의 의미와 지혜를 터득하는 기회가 될 것이다.

합리적이고 도덕적 결정력에 애정을 가지고 기꺼이 실천하려는 열정과 의지의 작품으로 2019년 고양 문인협회가 발간한 창작 단편 동화집 『작은 돌멩이의 꿈』을 통해서 도덕적 정서의 관점으로 작품을 살펴보려고 한다. 본 작품집에서는 31편의 단편 창작동화가 게재되어 있으며, 작품 중에서 동화의 도덕적 가치 영역에 부합하는 대표적인 동화를 선별하여 살펴보고자 한다. 동화 작품을 살펴보는 도덕적인 관점은 세 가지 영역으로 첫 번째로 자신과의 관계, 두 번째 영역은 타인과의 관계 세 번째 영역으로는 사회, 공동체와의 관계의 관점에서 영역별로 한 편을 선별하여 살펴보고자 한다.

1) 자신과의 관계적 가치관

도덕적 정서 관점(觀點)으로 첫 번째 영역인 자신과의 관계와 관련된 작품으로 이동수 작가의『우리도 본받을래요』

라는 작품을 살펴보고자 한다.

중심인물이 '거미'라는 소재를 통해서 인내와 도전정신에 알려준다. 주인공 태권도 사범은 체육관 천장에 매번 주렁주렁 달린 거미줄 때문에 골머리를 앓는다. 헐어버려도 살아남는 거미들의 생태를 통해서 거미가 가진 교훈을 아이들에게 알려준다. 이는 일상의 문제를 도덕적으로 인식하고 도덕적 판단 및 추론의 탐구과정을 거쳐서 타당한 근거로 옳고 그름을 분별하는 도덕적인 사고를 유추(類推)시키고 있다.

"애들아, 전쟁에서 스파이더맨이 장수의 목숨을 구해준 이야기를 들어봐라."

"옛날 전쟁이 났을 때 전투에 패하여 쫓기는 장수가 있었지. 장수는 적군을 피해 작은 굴속으로 몸을 숨겼단다. 그런데 굴 입구에 작은 거미 하나가 집을 지었어. 적군에게 쫓기는 처량한 신세인데 거미마저 나를 무시한다고 생각하여 집을 없애버렸지. 그때 적군 수색대가 굴 앞에 들이닥친 거야. 이젠 꼼짝없이 죽었구나 싶었는데 굴 입구에 쳐 있는 거미줄을 보고 아무도 들어가지 않은 것 같다며 수

색을 중단하고 돌아가 버린 거야. 여덟 번째 친 거미줄 때문에 목숨을 건졌지. 목숨을 건진 장수는 거미에게서 받은 교훈으로 큰 공을 세워 훌륭한 장군이 되었지."

"스파이더맨이 장수 목숨도 구해주고 훌륭한 장군으로 만들어 준 샘이네요?"

아이들의 표정이 깊은 감명을 받은 모양입니다.

태권도 사범님은 아이들에게 끈기와 인내를 가르치기 위해서 이야기를 도입하여 거미의 강인한 인내와 본인이 탐구한 거미의 생태에 대하여 질문을 주고받으며 이야기를 풀어간다. 이처럼 아이들이 공감하기 위해서는 아이들의 살아가는 삶의 이야기가 펼쳐지는 공간이 필요하다. 이동수 작가는 삶에 관한 이야기를 아이들이 친근하게 받아들이는 '태권도장'이라는 공간을 도입하는 동시에 '거미'라는 일상생활에서 흔히 볼 수 있는 생물을 도입하여 자신과의 관계 속에서 '성실'이라는 도덕적인 근본 가치를 독자들에게 보여주고 있다. 또한, 한 장면을 구성하는 가장 작은 이야기 단위 요소인 비트 beat 를 도입하여 이야기 주제를 명확하게 드러내고 있다.

거미에 대하여 많은 조사를 한 사범님이기에 어떤 질문에도 거침이 없습니다.

"사범님, 일곱 번 넘어져도 여덟 번 일어나는 칠전팔기 정신 말고 스파이더맨에서 다른 본받을 점은 없나요?"

이번에는 지난번 태권도대회에서 우승을 한 정우가 나섭니다.

"그래, 정우가 대회에서 우승을 하다니 좋은 질문을 하는구나. 스파이더맨은 매일 새 그물을 만들어내지. 그런데 하루가 지나면 싹 먹어 치운다는 거야. 다음날 먹은 것을 다시 빼내어 거미줄을 만드는 거지. 다시 말해서 재활용을 하는 거야. 모든 것을 절약하고 아끼는 정신은 우리들이 반드시 본받아야 하겠지?"

아이들은 하찮게 여겼던 스파이더맨들이 사람들에게 많은 교훈을 주고 있음에 깜짝 놀랄 수밖에 없었습니다.

『우리도 본받을래요』에서는 거미의 자세한 생태를 관찰한 사범님이 거미처럼 우리도 끈기와 성실을 가지고 바르게 살아가자고 관원들에게 강조한다. 이를 위해서는 자신에게 거짓 없이 정성을 다하고 인내하며, 자신의 욕구를 다스릴 수 있는 도덕적인 정서 함양을 간접적으로 독자들에게 체득(體得)할 기회를 제공한다. 표면적인 거미의 묘사가 아니라 사실적이고 객관적인 묘사를 통하여 작품의 설득력이 있는 힘이 있으며, 중심인물인 사범님의 행동을 초점으로 두고 전개된다. 화자의 시선은 거미를 관찰하고 설명하는 3인칭 주인공 시점의 방법으로 부수적인 인물들을 희미하게 처리하여 동화 속 소재인 '거미'의 주제를 부각하여 성실과 끈기를 독자들에게 강조한다.

2) 타인과의 관계적 가치관

신현수 작가의『아주 멋지고 특별한 운동회』를 통해서 도덕적 정서의 두 번째 관점으로 타인과의 관계를 주제로 도입하고 있다. 가족 및 주변 사람들과 더불어 살아가기 위해 서로 존중하고 예절을 지키며 봉사와 협동하는 정신이 주된 정서적 가치라고 볼 수 있다.

다람쥐 학교에 다니는 우람이는 키가 작은 아이이다. 친하게 지냈던 아람이가 키가 작다는 말을 듣고 자기 자신의 외모에 대하여 자신감을 잃어버리고 운동회 연습까지 안 하게 되는 극단적인 모습을 보여주게 된다. 하지만 운동회 종목 중에서 '이 나무에서 저 나무로 잽싸게 옮겨 타기'에서 반대표로 출전하게 된다. 경기 도중에 다친 친구를 도와주다가 일등을 놓치지만, 친구 아람이는 친구를 도와주는 우람이의 우정에 감동하고 교장 선생님께서도 칭찬해 주셔서 키에 대해서 고민하지 않게 된다. 즉, 작품에서는 다친 친구를 배려하는 공감(共感)능력과 함께하면 좋은 협동심 그리고 위험에 처한 친구를 구해주는 희생과 배려 정신 등이 동화의 주요 전개 주제이다.

그때 그 친구가 비명을 질렀어요.

"아아! 발바닥이 아아……"

친구 발에선 피가 철철 흐르고 있었어요. 삐죽 솟은 나뭇가지에 발을 찢긴 거예요. 순간 나는 나도 몰래 소리쳤어요.

"나한테 업혀. 어서!"

친구는 얼른 내 등에 업혔어요. 나는 친구를 업은 채 조심조심 나무를 내려왔어요. 곧 선생님들이 달려와 친구와 내가 무사히 내려오도록 거들어주었어요.

『아주 멋지고 특별한 운동회』에서는 눈앞에 펼쳐지는 듯 긴박한 운동회 모습과 위급한 상황을 구체적이고 사실적으로 묘사하고 있다. 특히, 작가가 이야기하고자 하는 상황의 묘사를 통하여 독자들에게 지루한 인상을 남겨주기보다는 친구를 구해주는 희생과 봉사 정신을 독자가 공감할 수 있게 전개하고 있다. 동물 주인공인 다람쥐를 도입하여 독자들에게 친근하게 접근하려는 작가의 의도가 보인다.

나와 다른 타인을 존중하고 배려하면서 서로 돕고 질서와 조화를 추구하며 살 수 있는 자세를 기를 수 있고 내면화시키는 작품이라고 볼 수 있다. 작품 배경을 살펴보면 연속적인 공간의 이동을 통하여 왜곡된 가치관을 타인과의 관계를 통해서 교정한 후 삶을 보다 긍정적으로 변화시키는 이야기의 포커스 명확하게 전개되고 있다.

나는 이제 더 이상 내 키에 대해선 고민하지 않을 거예요. 으뜸 다람쥐 상을 탔는데 아람이가 나더러 멋지다고 했는데 키 따위가 무슨 걱정이에요?

이제 곧 눈이 내리는 하얀 겨울이 오면, 나는 오래오래 겨울잠을 잘 거예요. 푹신푹신한 나뭇잎 침대 위에서요. 그러다 가끔은 겨울잠에서 깨어나 창고에 보관해놓은 도토리랑 나무 열매를 갉아 먹기도 하겠지요?

비인간을 인물로 설정한 의인화한 동화이지만 사람처럼 사고하고 행동하는 동물의 행위를 구성하여 현실에서 직접적인 체험을 할 수 있는 상황을 작가는 도입하고 있다. 특히, 도덕적인 정서 중 타인에 대한 희생과 배려에 대한 참뜻과 중요성을 보여주고 있다. 나아가 자신에 대한 부정적인 자의식에서 긍정적인 자의식으로 사고 전환을 통해 자신의 능력과 가치의 의미를 소중하게 생각해 볼 수 있는 의미를 부여하였다. 현실과 초현실의 경계를 넘나드는 어린이의 사고 체계를 작가가 인지하고 친숙한 다람쥐를 등장인물로 설정한 것은 독자인 어린이들에게 이해도를 높이기 위한 설정이라고 생각된다.

3) 사회 공동체와의 관계적 가치관

독립된 인격체로서의 개인이 시민 사회와 국가, 지구 공동체를 어떻게 인식하고 받아들일 것인가의 문제를 특히, 삶의 의미와 물음과 연관 지어 찾아볼 수 있는 사회 공동체와의 관계적 가치관은 4차 산업혁명이 도래된 현재에 매우 중요한 가치 요소가 되어가고 있다. 특히, 남북분단의 통일 문제는 분단된 이후부터 현재까지 우리의 책무(責務)로 여겨지고 있다. 이를 이해시키기 위해 더욱 넓은 맥락적 접근에서 객관적이 보편적인 시각으로 통일 문제를 다루어야 하는데 함영연 작가의 『고라니의 길』은 남북 분단의 아픔과 통일의 소망을 담은 작품이다.

찬이 할머니는 북쪽 도담 마을을 멀리서 바라보며 가고 싶은 마음을 달래는 이산가족이다. 찬이와 고라니는 북쪽 도담마을과 남쪽 나슬마을로 나눠진 두 개의 마을을 할머니처럼 매우 안타깝게 생각하고 살아가며 할머니의 감정을 살펴본다.

할머니는 억척스럽게 밭일을 했다.

"저 담을 허무는 날, 덩실 춤추며 가려면 기운 내서 몸을 더 움직여야지. 꼭 담이 무너지는 날이 올 거여. 그럴 것이여."

할머니는 누군가 들어주기를 바라는 듯 말했다.

그러던 어느 날, 할머니처럼 이산가족인 이웃 할아버지가 돌아가셨다는 소식이 전해졌다. 그 할아버지뿐만 아니라 늙고 병든 이산가족들이 하나둘 하늘나라로 가고 있었다.

통일은 우리 국가의 역량을 극대화할 방법인 동시에 이산 가족의 고통을 해소하고 경제 강국이 될 수 있는 기회주의적인 측면에서 매우 중요하다. 그러나 어린이들은 최근 남북 분단 문제를 체험적으로 느끼지 못하고 있을 뿐만 아니라 통일의 문제에 대하여도 소극적인 사고로 접근하고 있음을 기성세대들과 일선의 교사들은 알고 있다.

함영연 작가의 『고라니의 길』작품은 이산 가족인 주인공 할머니의 현실적 상황을 도출(導出)하여 민족의 아픔을 간접적으로 어린이들에게 체득할 수 있도록 하며, 식량 문제의 갈등 구조를 통해서 통일에 대하여 거시적이고 구조적인 문제로 다루기보다는 현실적인 새로운 이웃의 관점으로 표현하여 정치적인 요소를 배제하고 인간애의 가치 관점에서 접근하고 사건을 전개하는 구조의 치밀함이 돋보이는 작품이다. 이를 통해 독자는 작가의 주제 의식인 '통일 염원'을 읽는 행위를 통해 진정한 가치관으로 완성하고 있다.

"할머니, 할머니! 저 철조망 담이 뭐라고 그토록 할머니를 슬프게 할까요? 뭐라고 사람들을 슬프게 할까요? 저게 뭐라고……"

고라니는 앞발로 바닥을 탁탁 쳤다. 그리고 철조망 담을 향해 걸어갔다.

"탕, 탕!"

어미 고라니가 먹이 구하러 간 날 들은 소리가 울렸다. 그래도 아랑곳하지 않고 도담마을을 향해 길을 내며 앞으로 앞으로 나아갔다.

함영연 작가는 『고라니의 길』『아홉 살 독립군, 뾰족산 금순이』『개성공단의 아름다운 약속』『돌아온 독도대왕』등 통일과 역사 동화 저술에 뛰어난 작가이다. 통일의 당위성(當爲性)과 역사의 재조명을 어린이들의 시각으로 다채롭게 동화작품으로 창작하고 있으며, 우리 민족의 생존과 번영에 대하여 객관적으로 접근하되, 한민족의 공동체적인 애정으로 작품 활동을 하고 있다. 배타적인 민족의식이 아니라 번영과 공존의식의 가치관을 가지고 어린이들에게 애국심을 고취하는 동화작가라고 할 수 있다.

3. 나가며

지금까지 『작은 돌멩이의 꿈』에 수록된 세 작품을 통해서 자신과의 관계, 타인과의 관계, 사회 공동체와의 관계 등, 세 가지 관점에서 작품을 살펴보았다. 도덕적 정서적 가치관은 이미지나 정서가 표현된 것이 아니라 언어의 긴밀성과 정밀성 그리고 가치관의 내재적 장치를 통해서 심미적 형상의 구조성을 통해 상호 일치시킨다. 『작은 돌멩이의 꿈』에 실린 작품들은 자신이 한 일을 깊이 되돌아보는 성찰 Reflection적 동화 작품들이라고 할 수 있다. 수록된 작품을 통해서 정의적, 인지적, 행동적 영역을 주인공을 통해서 간접적으로 체득하는 기회를 독자들에게 제공하였으며, 동화와 생활 속 실천 의지를 통해서 바람직한 민주적인 생활양식과 가치관과 도덕적 가치와 규범의 의미를 어린이 독자들에게 제공하고 있다. 이는 도덕적 행위 능력을 기르는 데 도움이 된다.

노자의 도덕경 위도일손(爲道日損) '도를 행한다고 함은 날마다 나를 덜어내는 것'이라고 언급했듯이 도덕적 정서의 함양은 어린이들이 동화의 유용성을 이해하고 편협(偏狹)된 판단 기준을 걷어내고 가치 있게 세상을 바라보는 시각에 매우 중요한 매체가 되고 있음을 다양한 연구를 통해서 증명되고 있다. 이처럼 동화 주제 의식을 통해서 도덕적 정서 함양 신장에 중요한 역할이 있으며, 어린이들의 도덕적 정서 함양을 위한 작가들의 다양한 도덕적 덕목의 주제 작품도 더욱 활발하게 창작되어야 한다.

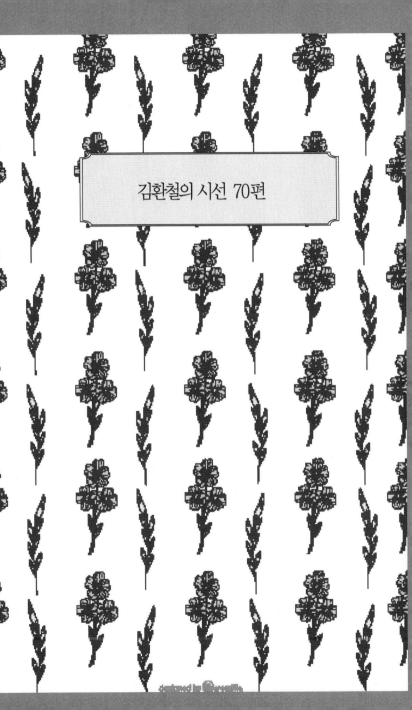

김환철의 시선 70편

제1부

시인들의 말

김환철 창작동화

1부

별여행자

붉은 멍자국

어렴풋이 기억의 퇴고가 밀려오면
릴케가 그리워하는 에이미가 찾아온다
흐린 하늘 사이에 걸려있는 작은 미풍 하나
흔들리는 촛불 심지는 촛농의 눈물을 머금고
자신의 몸부림을 깎아내린다

여명의 창가에서 불어오던 이슬방울의 멍 자국들은
어스름한 기억의 창고에서 퇴색되고
붉은 사과 한 덩이 퉁퉁퉁
떨어지더니 붉은 멍 자국만 덩그러니 생기고 말았다

계절이야 변하면 그만이지만
한기(寒氣)를 먹은 바람은 계절과 상관없이
늘 갈림길에 선다
어제 먹은 먹태의 울림이었나
아니면 고달픈 탁자 위에 놓인 막걸리 사발의
흐느낌이었나

가다가 멈춘 태엽 시계는 더 감을 수 없는
고장 난 한 움큼의 먼지가 되어 버렸고

힘들에 올라간 산등성이에서 소나기를 만나버린
흰 민들레의 흔들림 속에 하루를 던져 버린다.

흐느낌의 주범(主犯)

어둡다. 캄캄한 회색 도시의 어두움은 킬리만자로의
표범의   흐느낌을 기억하고 있다
길가에 멈춘 차들은 붉은 신호등의 먹이가 되지 않으려
분주하게 움직이고 거역할 수 없는 광장의 조각상들은
움직이는 모든 이들을 주시하고 있다

언젠가 듣겠지, 푸른 삶이 포효하는 아프리카를 달리던
야생동물들의 울음소리를
힘들면 말하겠지, 사냥꾼의 흐르는 땀방울이
결코 죄가 되지 않는다고
깊이 들어갈 수 없는 질척한 통로를 가로지르며
흐느끼는 물새는 또 말하겠지
이제는 더 이상 이 통로 빛이 들어가지 않는다는 것을
미움의 그림자는 석양으로 묻어 버리고
지구의 종말을 알리는 한그루의 사과나무는
언제나 그 모습 그대로 흙을 지탱하고 있다는 사실을
알고 있다

배고프다고 울부짖는 아기의 새 부리 같은 입처럼
도시의 컴컴함을 푸른 파도의 몸짓으로 변화시키겠지

안락사를 준비하는 애완견의 눈물을 한 사발 들이킨
수의사는 도시의 회색

커튼을 드리우며 킬리만자로의 야생으로 돌아가길 빌어준다
검은 아스팔트 위에 하얗고 노란 줄을 그어 놓은 이유이다

일방통행

길모퉁이에 앉아 고민의 안개 속을 걷고 있다
길이 나올 것 같아 달려가다 그만 돌아갈 길을 잃고 말았다
돌아갈 수도 없고 앞으로 갈 수도 없는
뒤틀림의 순간들

보도블록을 깨서 길을 만들어 보려 했으나
표지판 속 유턴이 내 삶의 흔적들을 되돌려 보려고 한다
일방으로 밖에 갈 수 없는 운명도 모른 채
공허한 담배 연기 자국만 골목 안에 가득하다

저 끝에 유토피아가 있는 허망한 생각들
어떤 죽은 이의 유골함이 골목길을 지나갈 때
비로소 일방통행의 현실을 깨달았다
길이 길을 갉아 먹고 있다
뿌연 안개의 뒷등만이 막다른 벽을 비추고
돌릴 수도 돌아갈 수도 없는
막장 길 위에서
차를 버리고 길 위를 떠난다

지구

바다의 물길을 왜 사랑했을까?
강줄기의 벅찬 숨소리를 왜 잊지 못할까?
세상의 모든 것들을 우주로 잃어버리기
싫어하는 너

작은 꽃씨도 우주로 날아갈 수 없도록
탐하는 너는
티끌만 한 꿈까지도
너의 중심으로 안는다

우주 공간의
허무함을 아는지
너는 중력이란 이름으로
품고 있는 모든 것들을
놓치지 않으려 한다

너는 나를 안고
나는 너에게 기대어 살아가고 있다

파란 안개 속에서

파란 들장미는 식초의 시쿰한 냄새를 가득 담고 있었다
의자들 사이 앉은 이름도 모르는 벌레들의 향연에서
파란 장미는 가시를 줄기 안으로 넣어 놓았다. 두더지처럼
시궁창 속에 걸려있는 낡은 행주는 손님의 식탁 위에
오르지만 파란 장미는 안개를 한가득 안고
파란 안개 속에서 자신의 색을 숨긴다
지나간 열차의 긴 꼬리를 밟으려는 어린아이처럼
파란 장미는 겹겹이 숨겨진 자신의 형태와 냄새를
결코 맡지 못한다
졸렬한 한 인간이 먹다 남은 냉면의 사리처럼
흐느적흐느적 하는 졸작의 그림자는
붉은 함성을 이끌고 오는 힘찬 아우성친다
달려도 달려도 끝이 없는 들판 위에 펴져 있는
파란 장미는 자신의 운명을 자신의 형태와 냄새를
결코 맡지 못한다
졸렬한 인간이 먹다 남은 냉면의 사리처럼 흐느적 거리는
졸작의 그림자는 붉은 함성을 이끌고 오는 힘찬 아우성이다

달려도 달려도 끝이 없는 들판 위에 펴져 있는 파란 장미는
자신의 운명을 모른 채 이슬을 머금으려 수증기를 유혹하고
있다
필수 항목인 비밀번호를 치자 파란 장미는
봉우리를 살며시 벌레들에게 내어 보인다
시궁창 같은 냄새는 꽃봉오리에 숨어 있었다

세숫대야에 담긴 물은 흐느적거리는 폭풍을 담아
물결 속에 소용돌이를 만들어 파란 장미를 쓸어 간다
벌레들이 꾸물꾸물 줄기를 타고 이내 가시를
갈아 먹어버린다

이제 장미는 장미가 아니다 파란 장미의 계절은 가고
남아있는 잡초를 키워주는 생태계의 하위 사슬일 뿐이다

독도의 비상(飛上)

봉긋 솟은 너는
바람이 많은 곳에 터를 잡았구나

바람을 타고 날아오는
남과 북의 숨소리를 이곳에서
폐 속으로 태양과 함께 집어삼켰다

조국의 찬란한 영광과 함께한 너는
홀로 굳건한 민족의 두 개의
주춧돌이 되었구나

갈매기 소리와 노란 들꽃을
아기자기하게 버무려

민족의 정기를
온 산에 새겨 놓았구나
여기 독도에는 벌써 수천 만 명이

살고 있다

해안선

육지의 정열과 바다의 열정 사이
만남을 불태우는 곳

불분명한 영역이지만
너는 내가 될 수 있고
나도 네가 될 수 있는 유일한 곳

붉은 저녁놀을 머리에 이고
육지로 달려가면

육지는 동해를 한 바가지
들이 삼키고 잠을 청한다

그곳에서는
끊임없이 하나가 되려는
몸부림이 있다

다시다의 추억

고추장을 풀어 놓은
반달 모양의 감자가 들어 있는
진짜 감자탕

직장을 잃어버린 아버지가
집안일을 하실 때 기억이다

어머니의 요리만 맛을 본 나는
신라 경순왕 36대 종손인
아버지의 요리가 부담스러웠다

고추장 국도 아닌
감자탕도 아닌 애매한 국이
의외로 맛이 나서 계속해 달라고 졸랐다

무뚝뚝한 아버지는
감자탕을 신나게 끓이셨고

어느 날 그 비법을 알고 말았다

마지막에 다시다를 듬뿍 넣으시는
아버지의 뒷모습을

독자가 쓰는 메모 ^(이 공간에 좋은 시를 필사해 보세요)

바람의 눈물

바람이 툭툭
커튼을 친다
자신을 안아 달라고
채워지지 않은 바람은
흔들림의 입술로
계속 유혹한다

바람은 잠잠해지고
커튼은 바람을
살포시 안고 바람의 열기를
식혀준다
바람이 불던 창가
커튼 위
작은 이슬 한 방울

그건
바람의 촉촉한 눈물이었나

노을빛 소나타

빨간 입술을 보여 주기 수줍어서 산등성이
사이에 연무와 같이 걸려있구나
어둠이 너의 친구건만
지평선 아래로 들어가길 망설이는
너는 애당초 노을로 태어난 걸 원망하는 건 아닌지

터질 듯한 홍시마냥
붉긋하여 불꽃이 되어 터질듯하구나
너의 고운 자태에 반한
기러기들이
붉은 치마폭 사이로
몸을 숨기는 하늘

어둠은 너의 붉은 치마를 걷어내고
검은 천을 하늘 높이 드리우지만
너의 빨간 입술과 불꽃 같은
자태는 어둠을 살포시 안고
달래가며 살아가고 있구나

층간 소음

다다닥 쿵, 철커덩 쾅쾅
쿵쿵

어김없이 밤만 되면
공사장 시멘트 가루를
빚는 듯한 가시 돋친 소음들
시간 속
물결들이 요동치는
고요한 밤에
윗집의 불필요한 소음들

내 마음속 한구석에는
비릿한 생선 냄새처럼
불쾌하고 거슬린다

층간소음의 주범을 잡아
오늘은 기필코 따져 묻고
대책을 세워야겠다

보행기와 흰 지팡이 하나
폐지들과 헌 옷 상자들을
헤집고 주범의 집의 벨을 누른다

조금 전까지 내던
층간소음을 반복하며
내가 서 있는 구릿빛 현관문을
한동안 열기를 망설이는 듯하다

마침내 열린 문
자욱한 안개 속 구름을
걸어가듯
어떤 상황이 펼쳐질지...

주인이 문을 연다
긴 머리에 집에서도
선글라스를 낀 도회적인 분위기
그저 기가 찰 뿐이다

잠시 후 난 그녀가 세상의 빛을
볼 수 없는 분이라는 것을 알았다
현관문 앞에 놓인
하얀 지팡이가 더욱 반짝인다

층간 소음은
그 여자의 살고 싶은 삶의 몸부림이자
지친 삶을 살아보려는 굳은 의지의 소리인데
난 그저 고통스러운 층간소음으로만
생각했다

세상은 내가 듣기 싫은 소음이
열심히 삶을 살아가는 누군가 희망의
소리라는 사실에 부끄러워진다

층간소음

때로는 아름다운 삶의 소리이다

가장자리

둘레길 모퉁이 가장자리 한 곳
하얀 구름이 흰 쟁반 되어
금강봄맞이꽃 한 줌을 만들고
높은 산 바위틈에 숨어
아무에게도 귀염을 받을 수 없는
외진 응달

햇빛은 싸리 눈이 되어
흰 꽃에 노란 박음질을 수놓고
기다림의 장대는 한없이
길어져 흔들림의 줄기를 만든다

밤마다 별 바람맞은 잎은
푸른 향기를 흩날리고
긴 능선 꽃방석은
뜨개질 되어
내 마음 가장자리에 수를 놓는다

우리가 태어난 이유

눈은 밟히려고 태어난 것이
아니라 내리려고 태어났고
눈사람은 녹으려고 태어난 것이 아니라
눈을 뭉친 사람의 온기를 느끼려고 태어났다

물고기는 강태공에게 잡히려고
태어난 것이 아니라
아름다운 강물 속 풍경을 두 눈에
담으려고 태어났고

해는 내리쬐려고 태어난 것이 아니라
바람과 구름을 만들려고 태어났다

우물은 물속 깊이를 재려고
태어난 것이 아니라
달과 별을 담아 나그네에게
풍류를 가르치려 태어났다

우리가 태어난 이유는
이유 없이 태어난 것이 아니라

태어난 이유를 만들어가기 위해
태어난 것이다

종이꽃

너는 오늘도
역설적인 반란을 꿈꾸고 있구나
향기도 없으면서 아름다움을
간직한 네가
완벽한 향기까지
가졌더라면 난 얼마나 부담스러웠을까?

향기를 잃었다고 슬퍼하지는 마
꽃이 된 너에게 내가 좋아하는
블라스크 향수를 뿌려 너를
진정한 꽃으로 만들어줄게
줄기가 없다고 슬퍼하지는 마
내 손이 너의 꽃받침이 되고
줄기가 되어 네가 꽃이라는 것을
보여줄게

창가 모퉁이에 심어질 수 없다고

슬퍼하지는 마

내 가슴 깊은 곳에 심어
그리움의 맑은 물을 줄 테니깐

종이꽃도 진정한 꽃이었다

우주를 품은 그대

하트 성운의 붉은빛은
지나간 사랑에 대한 추억

북아메리카 성운은
콜럼버스가 찾던 사랑의 신대륙

페르세우스 유성우는
그리운 이에 대한 별빛 눈물

장미 성운은
줄기를 만들어 선물하고픈
그대 생일 꽃

안드로메다 은하는
당신과 떠나고 싶은 미지의 세계

버블성운은 놀이공원에서
함께 불던 비누 풍선

플레이아데스 성단은
푸른 커튼을 드리운 우리 둘의 침실

바람개비 은하가
눈부신 당신을 태우는
회전목마가 된다

흐린 날 오후

햇살이 보기 힘든 오후
광합성을 하던 푸른 잎사귀도 쉬고
황톳빛 강물도 따가운 햇볕을 피해간다

초여름 뜨거운 햇살을 투명하게 날던
잠자리도 모처럼 휴가를 받고
아이스크림 팔던 김씨 아저씨도 쉴 수 있다

구름은 이내 검은 찻잔의 커피가 되어
앉아있던 나무들의 뿌리들을 깨우고
괜찮던 곤줄박이의 예쁜 털을 적신다

흐린 날은 빨간 우체통 입속에 흰 봉투도 가득하고
아주 오래전 지난 기억들도 깨우는 마법을 가졌다

바쁜 고속도로 속에서
휴게소가 되어 모든 이들을
시인으로 만든다

봄의 향연

연분홍 저고리 입고
흰 고깔모자 쓰고
바람에 노랑 비단이
옷매무시를 가다듬는다
.커피잔 속에 탁한
겨울 흔적들은
쪽빛 하늘로 날아가 버리고
땅속 깊이 숨어 있던
녹색 새싹들이 봄의 향연에
초대를 받는다
바람, 햇빛, 꽃잎들이
어우러져 봄의 잔칫집에
거하게 한 상 차려 놓고는
어느덧 불청객 여름이란 손님이
잔칫집에 훼방을 놓는다.

독자의 공간

좋아하는 시를 필사해 보세요.

2부

길
상
사

길상사

풍경소리가 백석의 발걸음 되어
눈 발자국 되던 오후
향불은 자야의 심장을 밝히고
고목 향나무는 둘에 추억을
묵묵히 지켜본다

길상사 늙은 돌은 낡은 사진이 되어
앨범 속에 흩날리고
애틋한 붉은 한 송이 상사화가
붉은 눈물을 뚝뚝 흘린다

처마 끝 걸린 구름은
백석의 혼을 잠시 걸쳐 놓고
자야의 향내는 절간을 가득 채운다

천억 원을 줘도 백석사랑 안 바꾸겠다던
자야는 간데없고

천개의 영혼이 붉은 상사화가 되어

꽃망울을 터뜨린다

어느덧 돌탑은 노을에 걸려

백석이 떠난 자리를 가리키고

이내 붉은 상사화 한 잎이 떨어진다

깊은 강물 속에서

얼어붙은 깊은 강물 속
잉어 한 마리가
목적지 없이 날아다니는
잠자리 마냥 허우적거린다.

털이 없는데
춥지 않니?
따뜻한 강물이 아닌데
정말 괜찮니?

세월의 흐름을
비늘에 담고
흐르는 물줄기에
흔적도 없는 길을 가고 있구나
감을 줄도 모르는 눈은
짧디짧은 잉어의 삶을
잊기 싫었던 것은 아닌지

따뜻한 물속도 아니고
온몸에 털도 없는
갈 곳 없는 너이지만

깊은 강물 속에서의
울컥거리는 네 삶의 미련들이
어쩌면, 네 삶의 전부일지도 몰라.

태백 예찬

우윳빛 별빛이 가득하고
잔잔한 시냇물과
내 어린 시절 맡던 바람 냄새가 가득한 곳
겨울에 꽁꽁 언 땅을 헤집고
땅속의 지열을 느끼고자 했던 무모함 속에
귀여운 내가 있던 곳
새를 쫓아 가파른 언덕길에 피어있던 분홍색 꽃과 만나고
잠자리와 달리기 경주를 하던 그곳
길쭉한 구상나무가 가득하고 시원한 숭늉 한 사발에도
행복할 수 있는 그곳
엄마가 풀어 놓은 하얀 젖 가슴살처럼
언제나 파묻히고 싶은 포근한 요람
그곳은 내 삶의 빅뱅이 시작된 점

가로등

가로등이 고개를 떨구며
울고 있네요.
무엇이 그리 슬픈지
차디찬 도시의 아스팔트를
보면서 울고 있네요.
지나가는 빗물이 가로등의
눈물이 되어 하염없이
내리네요.
가로등은 알고 있을까요?
회색빛 도시에
수많은 사람이
울고 있다는 것을
고개를 떨군 가로등의
모습을 보고
어느덧 나도 눈물 한 움큼을
흘려버리고 집으로 돌아갑니다.

동백꽃 푸른 섬

넌 지금도 푸른 섬에 잘살고 있겠지
동백꽃이 나의 유골에 흩뿌려지고
산기슭 어둠 속에 내 동포들에게
짓밟힌 내 영혼

1948년 4월 3일은 미역국 한 사발에
간장 한 종지를 받는 날이 아니라
빛바랜 칼자루에 내 심장 동백꽃으로
물든 날이 되어 버렸구나

좌우 이념이 누룽지 죽만큼도 나에게
중요하진 않았건만
내 희생이 있어야 민주주의가 완성된다는 억지 주장들

파도 수평선에 내 모습을 투영하고
동백꽃 속에 영혼을 담아
억울하고 실감 나지 않는 슬픔을 띄워 보낸다

불타는 석양의 아름다운 노을처럼
보고 싶은 역사의 후손들아
나처럼 억울한 죽음을 만들지 마라

4월 3일 날에는
너희들이 마시다 남은 소주라도
월정리 앞바다에 한가득 뿌려다오

독자의 시

제목:

지은이:

기억의 교차점

흐르는 물속에 잠영하는
저 물고기는
다시 볼 수 없는 물길의
흔들림을 기억하고 있는지

추억이 쌓인 밑바닥
모래 덤이 언덕
용해된 산소 한 줌 마시고
영롱한 방울을 수면 위로 뿜어 올린다

어디쯤 가고 있는 줄도
모르는 물고기는
흐르는 강물의 물줄기가
되어 흔들린다.

사계(四季)

봄바람도 들어 있다
태풍의 휘모리장단도 있다
가을바람도 있다.

너와 내가 걷던 쌀쌀한
겨울 찬바람도 있다.

계절의 바람을
흉내를 낼 뿐

사계절이
손바닥 안에 있다

무게에 대한 미안함

제주도의 어느 목장

가족들을 태우기 위해 대기한 말들
왜 이렇게 미안할까
망연자실한 모습으로 날 바라본다
초점 없는 눈망울이 햇빛 속에 내리는
서글픈 소나기가 된다
굽은 허리와 다리는 너 자신의 삶이
녹록하지 않다는 것을 보여준다
나의 지방이 너의 삶에 대한 무게를
더 할 줄 알았다면
당근이나 주며
네가 살아가는 이야기나 듣고 있을 것을

너에게

보고 싶다
보고 싶다
나만 생각했던 푸른 눈망울
그립다
그립다
우산을 살포시 내 쪽으로 밀던 너의 손짓
태어나 처음 먹던 돈가스 수프에
떨면서 후춧가루를 뿌려주던
너의 손짓
걷던 걸음을 나랑 맞추려고
발만 보고만 걷던 너의 모습
그런 순수한 여자 친구는
내 생애 다시는 만날 수 없겠지

계단

올라가는 삶도 보고 내려가는 삶도 보고
진실한 표정으로 갈 수밖에 없는 곳
두 칸씩 올라가는 사람
한 칸씩 응시하며 올라가는 사람
잠시 인생을 돌아보기도 하고
심장의 박동을 스스로 느끼며
늙어가는 걸음걸이도 본다
잠시나마 자신을 돌아보는 짧은 쉼표가 된다

셔틀콕의 비애

하얀 날개를 품고 하늘로 날아가려는 추임새
창공을 날아가는 새의 몸짓
서로 갖지 않으려는 사각 라인 그물망 너머로
패대기쳐지며 너의 몸짓은
인간의 힘 에너지를 받은 셔틀콕은 자신의 뜻과 상관없이
창공을 떠다닌다
하늘을 날지만 결코, 나는 것이 아니다
이름 모를 새의 꿈이 담긴 깃털이었건만
상처투성인 너를 코르크가 위로한다
너 자신을 떠나 보내달라고......

목동이고 싶어라

목동이 되고 싶어라
푸른 밤 출렁이는 별 파도 속에
지팡이로 휘휘 저어 커피를 내리고

들판 가득 양 떼들과
숨바꼭질을 하며 깔깔대는
목동이 되고 싶어라

세상에 피어 있는
온갖 꽃들의 향기를 맡기 위함이기도 하겠지만
내가 목동이 되고 싶은 가장 큰 이유는

밀크티를 좋아하는 너를 만나
프랑스의 시골 언덕 하늘 아래서
밤새도록 별 이야기를 하고 싶어서겠지

설렘

해 질 녘 비친 당신의 긴 그림자가
내 곁으로 다가오는 순간

아스팔트의 뜨거운 열기를 헤집고 걸어와
당신의 예쁜 이마에 맺힌 영롱한 이슬방울이
맺혀있는 순간

하얀 목에 반짝이는 목걸이가 햇빛에 반사되어
당신의 눈동자와 겹쳐지는 순간
먼발치서 하얀 건반 위에 작은 팔 춤사위를 하며
악보를 흠칫 보는 당신의 옆모습을 보는 순간
한 잔의 소주에 붉게 변한 얼굴이
연지곤지처럼 확 번지고
인생을 투덜거리는 가여운 순간

뜨거움을 안고 있는 당신은
파동의 주파수를 가지고 있다

되돌림

반짝이는 공허한 메아리는
욕심 찬 야욕의 거친 시간을 내친다
안을 수 없는 흐린 안개의 기억
지평선 넘어 가 버린 수송선의 지느러미는
드리울 수 없는 바람
울리지 않는 벽시계의 고요함

어색함이 되어 눈꽃 되는 시간을 떠난 이유가
싫음의 식상을 몰아내고
처음부터 잔가지에 내린 눈처럼
몹시 그리운 오후
너와 나만 돌릴 수 있는
태엽의 손잡이

품고 있다

포도는 여름의 초록 푸르름을
품고 있고 참외는 넓은 들판에
푸르름을 더해서 하얀 속살을
품고 있다

호박은 노란색을 품고 있고
바나나도 노란색을 품고 있다

수박은 분홍빛을 품고 있고
바다는 푸른빛을 품고 있다

밤하늘은 별과 달을 품고 있고
꽃들은 자신들의 씨앗을 품고 있다

겉과 다른 색깔로 세상을 품고 있어도
누구도 겉 다르고 속 다르다고
아무도 뭐라고 하지 않는다

누구나 사랑한 사람을 떠나보낸 기억이 있다

계절에는 그 계절의 바람이 있다 슬픔에 따라 흘러내리는
눈물의 양도 다르다 안개속에서 본 그림자는 유리벽 사이에
울려 퍼지는 코카서스 인종인 집시의 슬픈 반도네온이다
대륙의 다시 오지 않는 이민선처럼 뱃머리 가득 안개를
드리우고 달린다
고독도 모르는 사람이 마시는 독한 보드카의
진한 향기처럼 누구나 사랑한 사람을 떠나보낸
기억이 있다
슬픔은 안개가 아니었다 그림자도 아니었다
구슬피 우는 슬픈 딱따구리가 나무를 쪼는 소리도 아니다
소리 없이 두 손을 살포시 포개던 너와 나의 옅은 미소의
슬픈 이별의 모습이었다
바람이 분다고 바람이 있는 것은 아니다 나뭇가지가'
흔들리기에 바람이 있다는 사실을 눈치를 챌 뿐이다
먹다 남은 커피향이 향기가 진하다는 사실을
화가들은 안다 누구나 떠나보냈던 슬픈 기억이 있어서

누구나 사랑한 사람을 떠나보낸 기억이 있다

구래동 호수 공원에서

어제 가 본 호수공원에는 반달이 담겨 있었다
주취자가 남긴 막걸리 통은 호수공원의 물을
담아갈 기세다 주차장에 날리는 낙엽의 구르는
소리는 런던의 동쪽 끝을 향하여 달려 나가고

어스름한 저녁놀 사이에 갈색 졸참나무 마른 잎의
흐느낌은 호수공원의 스산함을 아주 멀지 않게
쓸어 담는다

조각보에 담고 싶은 초승달의 노란빛은 달콤한 키스를
기억하는 가르시아 마르케스의 소설 주인공이 되어
내리쬔다 서글픈 언덕의 주인공이 깨달은 사랑처럼
빛은 빛이 있을 때 가치를 모른다 어둠 속에서 빛은
자기 과시의 욕망을 발산하다

호수공원의 반영은 푸른 파도가 그리워 출렁거리는
어느 대서양의 돌고래를 생각하게 한다
파도가 높아 고여있는 호수공원은 너와 내가 대서양의
그리움의 파도를 담아 놓은 저수지가 된다

3부

너울
그리움의

그리움의 너울

그립다
그리고 또 그립다
그리움이 그리움을 불러오고
보고 싶음은 애틋한 풀꽃 내음을 몰고
내 코끝으로 스며드네

뒷자락이라도 볼 수 있으면 좋으련만
그리움에 파도는 썰물처럼 밀려가고
슬픈 파도는 그리움의 너울을 만들고
요란한 파도의 부딪힘은
 그리움의 고뇌를 깨우고 있네
그리움은 그리워 찾아오는 별빛 나그네처럼
 초가집 지붕에 조롱박처럼 달빛을 담아
 그리움의 장막을 한없이 드리운다

당신은 별이고 난 한 줄기 시랍니다

별이 은하수를 타고 당신의 두 눈에
들어가면 한 편에 시를 씁니다
담쟁이덩굴이 자신의 주어진 벽을
사랑하듯 하염없이 당신을 타고 휘젓습니다

당신을 생각하면 시가 나오고
당신을 그리면 시상이 온몸에 전율을 느끼고
춥지 않은 겨울에 피는 들풀처럼
적당한 온도에 피는 꽃이 아닌

맞춰진 온도, 시각, 바람의 울음을
양분 삼아 희망의 꽃을 피웁니다
밤늦게 도착하는 나그네 별빛처럼
황홀과 경의에 찬 마음으로
당신을 그리며, 수많은 시를 되새겨 봅니다.

판타스틱

불꽃과 무지개가
빙글빙글 도는 판타스틱 축제

뭉게뭉게 피어오르는 구름이
번개가 되고
검은 선글라스를 껴도 반짝이는
너의 두 눈은 축제의 시작을 알리는
판타스틱

굽은 요술 지팡이는
고운 손을 감싸고

치켜세운 굽 높은 구두는
사랑하는 마음의 키를
높이려는 어울림

판타스틱 축제
그건 너와 나만이 열어보는
커튼 속 축제

낙엽 속 본질

떨어지는 것들에는 의미가 있다
자신의 모태(母胎)를 보호하기 위한 몸부림

자신을 떨어뜨린 낙엽은
모든 이들의 붉은빛 카펫이 된다

노을을 가득 안은 낙엽은
붉은빛을 가득 품고

밤이 되면
바람의 부름에
또 다른 여정(旅情)을 준비한다.

구르고 굴러
찬바람의 그림자 되어
안개의 차디찬 슬픔을 견딘 너

창공의 불긋한 석양처럼
가을빛과 너를 잊지 않으련다.

내 마음 달빛 되어

달빛이 채색되어
어둠이 내리던 보름날 밤
달빛의 향기를 가득 안고
저 멀리서 걸어오는 당신의 그림자

늦은 오후에 저녁놀처럼
불긋한 차림은 슬픈 달빛을
몰고 오는 전주곡이었나
혼자 남겨진 두려운
머물 수 없는 시간

흩날리는 달빛의 채색들은
흐느껴 우는 새끼 물새의
고독함을 그리워하네

그대의 그림자는 달빛의
향기를 가득 품고
슬픈 넋두리의 공간을 만든다

게으름에 대한 행복

굼벵이처럼 양말을 벗어 놓아도 좋다
온종일 등에 접착제가 붙어 있어
방바닥과 하나가 되어 있어도 좋다

골치가 아픈 보고서를 쓰지 않아도
머리를 감지 않고 양치질을 하지 않아도 좋다
전단지에 있는 여덟 개의 전화번호만
눌러도 밥이며 치킨이 튀어나오는 신기한
경험을 해도 좋다

바다를 보고 싶은 마음에
유튜브에서 나오는 파도 소리를 마음껏 즐겨도 좋다
하늘에는 게으른 나를 향해
습도를 맞춰주려고 비를 한 바가지를 준비하고 있다
게으름을 통해 내가 살아가고 있는 삶에 대한
철학적인 의미를 생각한다
게으름 신은 정말 아름답고 매혹적이었다

등대

바다 위에 불빛 잔상이 너울거린다
머물 수 없는 기억의 마음은 울렁거리는 너울이 되어
해변으로 밀려가고 힘겨운 내 그림자는 등댓불에 비쳐
먼바다를 향해 뻗어 나가고 회전하는 등대의 불기둥은
공허함과 애달픈 마음의 회전목마가 된다
등대 불빛이 내 마음을 싣고 그대가 있는 곳까지
갈 수만 있다면, 난 등대지기로 한 생을 살다가 갈 텐데

바다와 당신

빛이 푸르게 산란하는 바다는
널 그리워하는 빛

출렁이는 파도는
널 애타게 기다리는 심장의 요동

바다 위를 날고 있는 갈매기들은
너의 향기를 찾아 날아다니고

어둠이 내린 밤바다에 영롱하게
비추는 노란 달빛에
너의 얼굴이 투영된다

그립고 또 그리운 바다의 고요함은
너와 입맞춤에 대한 전조
뜨겁게 타는 바다 위 태양은
널 못 잊는 나의 열정
온통 바다에는 너만 살고 있었다

코골이

기차가 들어있다
오토바이도 들어있다
야심한 밤에 때론 굴착 작업을 한다

작은 두 개의 구멍 속에는
밤마다 신비한 도시 문명이 숨 쉬고 있다

장음과 단음이 교차하고
때로는 공습경보가 울려 퍼질 때도 있다
낮에는 구멍 속 도시가 조용한데
밤만 되면 들리는 문명의 이기적인 소리

구멍 속 소음을 걷어내고 싶다
날이 새면 구멍 속 세계는 조용해지고
문명의 이기를 만든 이는
 자신의 도시 문명을 강하게 부정한다

땅속의 전율

보드라운 땅속에는
무엇인가 들어있다
봄에는 나무줄기에 온기를
불어 새싹들이 봉긋하게
올라오게 하고

여름이 되면 초록 물감을
대지에 풀어
뿌리 빨대로 잎들을 초록으로
바꿔버린다

가을이 되면 땅속 깊은 곳에
열매를 만들고 줄기로
올려보낸다

겨울이 되면 눈을 이불 삼아
봄에 새싹을 품는 땅은
어머니의 따뜻한 품속이 되다

그대가 떠난 날

그날은 별빛이 소낙비처럼 내렸다
은하수 구름에 달빛 폭풍
해 질 녘 노을은 붉은 멍울이 되어
내 가슴 속에 파묻혔다

성난 파도의 요란함과
별빛의 소낙비는
그대가 떠난 자리에 패이고
울림 없는 기적소리는
허공의 향해 달리는
지구의 자전축

분홍스카프를 두른
정열적인 그대의 모습은
보이지 않고
별빛 소나기에
매몰된 나를 돌아본다

아이들아

잔잔한 개울가에 두 아이
조약돌 튀기며 자연을 음미하네
창공 높이 떠 있는
곤줄박이 한 마리가
환영하는 오후

투명한 물속에
차가움은
엄마 배 속의 양수

노란 들꽃은 너희들을 반기는 축복의 몸짓
작은 조약돌을 만지작거리며
태동을 맥을 짚어본다
자연의 일부가 된 아이들
너희들이 자연이구나

날갯짓

이제 날갯짓은 부질없다
부질없는 날개의 헤어짐은
못다 한 우리의 이야기를 만들고

자욱한 어떤 안개는
공간 속 그림자를 만든다

날아가자
날아가자
꿈꾸었던 허공 속으로
굽은 강물 끝으로 가면
꿈꾸었던
그 시절 그 공간을 만날 수 있을까

허무한 날갯짓은
태풍 속 제자리걸음을 만들고
의기양양했던 회상의 그림자는
희뿌연 산 고개를 넘어가는구나

중년 즈음

파도가 밀려온 세월만큼
바위에 매달리려 한 따개비처럼
무심히 울렁대는 물살을 이기려 한 삶

가당치 않은 단풍잎처럼
바람에 맴돌 듯 흘러간 세월

꿈은 무지개 되어 따사로운
햇빛으로 머물고
어설픈 웃음이 입가에 맴도는
오후에 빨간 단풍잎 되어 날아가네

흐르는 물살은
역행하는 그림자가 되어
그리운 나를 만들고
조용한 마음은
비 오는 보슬비 되어
세월을 적시다

항생제의 추억

홍염이 분출하듯
뜨거운 내 몸에
작은 알약 하나가 들어온다

핏속으로 퍼져 나가는
항생제의 울림에
이윽고 혈관에서는
열기를 쏟아붓는다

터질 듯한 심장의 용트림은
심방과 심실 사이에
경계를 무너뜨리고
혈관 속에 녹은 항생제 알약
뜨거운 내 몸을 진정시킨다
홍염 속의 뜨거움을
 이마의 영롱한 이슬로 만들고
혈관 속으로 녹아든다

가면무도회

하얀 양복을 입고 큰 왕관을 쓰고
권력 같지도 않은 권력에 매몰되어
인권을 유린하는 가면무도회장
점잖은 척, 도도한 척, 가면에 색동 칠을 하고
오늘도 세상 사람들을 유린하는 가면무도회
태양 빛이 강하면 형체를 볼 수 없듯
허수아비의 실체가 드러날까
더 외롭고 좁은 길에 가면을 쓴 허수아비를 세워 놓는다
이 세상에는 잘난 사람도 못난 사람도 없다
단지 그 기준을 만드는 것은
권력이란 가면을 탐하는 이들
노을 물든 가을 하늘 아래
추수하는 농부의 진심 어린 마음처럼
이제 우리네 인생들도 가면을 던져 버리고
맑은 개울물에 발을 담가 보자

고정 관념

커피는 커피잔에 마셔야 하고
왼쪽 신발과 오른쪽 신발은
같은 디자인으로 만들어져야 하고
긴 팔과 짧은 팔은
티셔츠에 같이 있을 수 없으며
젓가락의 길이는 같아야 한다.

고정관념은 머릿속 눈물이다

[시인의 생각]

고정 관념은 창의성을 부정한다

당신에게 일상 속, 고정관념은 얼마나 많은가

4부

뜨락에서
가득한
별빛이

그 시절 그곳으로

눈은 가까이 있는 눈썹을 볼 수 없듯

중천에 떠 있는 태양 때문에

보고 싶은 그림자조차 볼 수가 없네요

흩날리는 꽃잎은 그리운 바람 되어

당신이 있는 하늘 위로 떨어지고

있는 듯 없고 없는 듯 있는 당신은

날아가는 새들의 날갯짓 마냥

흔적도 없이 허공 속, 그리움만 가득 남기고 떠나갔네요

분침과 시침이 한 시간마다

꼭 만나는 운명을 가지듯

우리의 만남도 그랬으면 좋겠습니다.

별빛이 가득한 뜨락에서

한 줌의 별빛이 떨어지면
귓가에 맴도는 별빛 파도가
스스로 가능한 땅을 만들고

한 줌의 달빛이 떨어지면
노란 꽃으로 움터
내 발자국을 실어 자국을 남기고

달빛의 숨소리를 듣던 별빛은
자신의 푸른 볼을
노란 볼 위로 비벼대고는

극지 상공 속 오로라가 되어
별빛을 뜨락에 흐트러지게 뿌려 놓는다.

별빛과 달빛이 가득한 밤에
푸르고 노란 발자국이
살푸시 너를 지평선의 품으로 돌려보낸다

스치듯 넘치는 그리움

별빛이 스친다
달빛도 스친다
바람도 스치고
그 사람의 향기도 스친다

강물도 넘친다
사랑도 넘친다
그리움도 넘친다
보고 싶음도 넘친다
골디락스 행성을 찾아가고 싶다
가슴속 한가득 열정을 심어
그 행성으로 가고 싶다

태양이 뜨면 달빛이 보이지 않듯
구름이 걷히면 여우비가 내리지 않듯
침묵은 보고 싶음을 달래는 최후의 수단

* 골디락스 행성: 생명체가 살 수 있는 행성

꽃망울

터질 듯한 너의 자태는
배냇저고리에 쌓여
수줍게 웃고 있구나

초록빛에 분홍 물감 타 놓고
예쁜 꽃을 숨긴 너는
홍염의 뜨거움을 반기며
진정한 불꽃이 되겠지

푸른 하늘에 꽃이 되어
한 줌 구름과 한 줌 비를 담아
먼 훗날 초록빛 푸르름도 담겠지

영원히 붙잡고 싶은
어색한 시공간의 빛들을 가둬
수많은 나날들을 기억 속 노래로
내 마음 꽃봉오리를 틀어보네

연꽃

연꽃잎 위에 구슬방울 세 알
진흙 속 묻힌 꽃대가 힘겨워하는 오후
고여있는 연못 속에 홀씨가 묻혀
연꽃은 그 자리를 지킨다

노을빛 붉은빛이 연못에 잠기면
새색시의 연지곤지 되어 연꽃은
붉게 물든 구름을 새신랑으로 맞는다

구름은 연꽃과 연못 속에 잠시 머물다가 떠나고
연꽃은 이내 꽃망울을 수줍게 접으며
구름이 연못 속에 가득차길 기다린다
연꽃의 삶을 알 수 없는 구름은 서쪽 산등성이에서
한없이 걸려있고 바람의 숨소리에 구름은
흩어진다
진흙은 연꽃의 영혼 되어 작은 구름의 흙을 빚는다

세 겹 쟁반

굵게 패인 주름과
류머티즘에 꺾여있는
고단한 손가락

머리는 헝클어지고
힘든 삶의 무게만큼
쏟아질 듯한 세 겹 쟁반

누군가 맛있게 먹었을
국밥 네 그릇이
유난히
햇빛에 반짝이네

시린 겨울바람을
가르며
휘청거리는
늙은 두 다리

어릴 적 갑자기 흘린
코피의 두려움처럼

내 시선에는 안타깝고
넘어질까 두렵다.

세 겹 쟁반을
받쳐주는 힘은
대리석처럼 단단한
모성애란 돌

잊혀진다는 것은

잊는다는 것
잊혀진다는 것
그리고 잊고 산다는 것

참 괴로운 삶의 고통인 것을
당신의 뜻과 상관없이
세월의 지우개가 당신의 머릿속에
들어가 버렸습니다.

맑은 당신의 두 동공 속에
나와 당신은 추억은
시골길을 달리는 버스 배기가스처럼
흔적도 없이 사라져 버렸고

세상에서 가장 사랑하는
자식을 한없이 맑은 얼굴로
반겨주던 당신의 입가에는
이름 모를 무지갯빛 알약들이
당신의 예쁜 목젖으로 들어갑니다.

이제, 당신은 당신의 모습을
거울을 통해서만 볼 뿐입니다.

잊는다는 것
잊혀진다는 것
그리고 잊고 산다는 것

두 사람 중 한 사람만이라도
기억할 수 있음에 그저 감사할 뿐입니다.

당신과의 추억을 지키기 위해서라도
되새기고 또 되새기겠습니다.

사랑합니다. 나의 어머니

그 자리는 당신의 자리가 아닙니다

'바스락 달그락'
오늘도 당신은
그 자리에 서 있군요

털털 탈탈 휘리릭
빨래를 널고 있는 당신은
오늘도 그 자리에 서 있군요

원하지도 그 누군가가
억지로 있으라고 하지도 않았건만
당신은 그 자리에 서 있군요.

분홍 꼬까옷 입고
쫘배기 머리를 곱게 땋고
비단 치마 팔랑거렸을 당신

아름다운 손짓은 어여쁜
멜로디가 되고
예쁜 입가에서는

자식을 바라보는 옅은 미소가
가득 배여 있습니다.

고슴도치 새끼를 품는 삶으로
오늘도 당신은 묵묵히 그 자리에
서 있습니다.

꿈이 가득했을 당신
그 자리는 당신의 자리가 아닙니다.

눈을 감으면

눈을 감으면
별빛에 실려 너의 눈동자가
보이고

아름다웠던 은하수에서
세수를 하고

오리온자리 삼태성을
미끄럼틀 삼아
놀고 있구나

살포시 눈감으면
손에 잡힐 것만 같은데

눈을 감으면
너의 모습을 마음대로 그릴 수 있고
동화 속으로도
널 보낼 수 있어
참 좋아

바람 소리

바람이 붑니다.

내 마음의 바람이 불어

어색한 서로의 가슴으로

바람이 붑니다.

아쉬움 속에 불어오는

바람 소리가 날카로운 쇳소리가 되어

들려옵니다.

런던의 날씨처럼 떨쳐 버려야 하는

수많은 미련의 안개

후회하지 않는 사랑이었기에

그녀를 위해 기도합니다.

어색한 서로의 가슴을

따뜻하게 만들어 줄

봄바람이 되기를

아쉬웠기에 그리웠었기에

사랑했던 만큼

날카로운 유리병의 상처만큼

아프다는 것을

별 바람 가득한 저녁

하루가 지나고 어둠이 내리면
별빛을 내 방 한가득 담고 싶다

별 바람 살랑살랑 불어와
너의 향기도 같이 실려오면

별 바람 가득 담은
풍선은
내 향기를 담아
하늘로 너에게 날려 보내고 싶구나

별 바람맞은 풍선은
작은 공간에 별빛과 너의 향기를
가득 담아서 온 우주로 퍼져 나간다

괜찮던 별 하나
풍선으로 떨어지면
별 바람 가득한 풍선 속에
네가 머물다간 흔적을 주워 담는다

볼

따스한 볼 줄기

비벼도 변하지 않는

사슴의 눈동자

눈 쌓인 시골길을

덜컹거리며 버스는 달리고

내 볼에 기댄 당신의 볼은

따뜻함이 가득하다

세상 떠난 차가운

몸의 여운은

더 다가올 수 없는

아픈 그림자가 되어

언덕 귀퉁이에 서 있다.

볼의 따스함은

태양의 홍염의

떨림 되어

세월의 흐름을

걸음으로 역행한다.

별여행자

지구의 행성은 푸른 우주선이다
내 마음을 빗장을 열고
수많은 밤들과 새벽 별들을 마주하며
내 육체를 깎은 영혼의 모습을 우리 은하의 중심을
향해서 달려 나간다
태양계 안에서 당신의 영혼을 달랠 수만 있다면
얼마든지 광속의 빛으로 달려가겠지만 그리움의 입속에
잔존해 있는 허공의 빛은 차가운 공기를 가른다
무한한 언어로 달과 별을 쓰는 시인은
어금니가 흔들릴 정도의 고통으로 별을 보며 글을 쓴다
우주의 창조자는 유리 벽 사이에 빛을 투영시키지만
그만 빛과 벽 사이에서 멈칫거리고 만다
정거장에서 잠깐 쉬다가는 별여행자는 우주에서 우리가
멈추는 것은 몰상식한 행위라는 사실을 알고 있다
여보시오
인생이 별게 아니라는 어머니의 말씀처럼
지구의 우주선을 타고 우리은하의 중심을 여행하는
우리는 단지 별여행자일 뿐이다

겨울 나무

겨울나무는 짙은 파란 하늘을
앙상한 가지로 마구 찔러
한 움큼의 눈가루를 만든다
그렇게 눈을 만든다

겨울나무에는 우리 외할매 마음이 걸려있다
한 귀퉁이 남은 열매 하나도 길 잃은
새한테 내어주는 마음
그렇게 외할매 마음이 걸려 있다

겨울나무에는 젊은 엄마 그림자가 걸려있다
해 질 녘 나무의 그림자는
헝클어진 긴 머리의 젊은 울엄마의 머리카락이 담겨있다
그렇게 젊음 엄마의 추억의 그림자가 다가왔다
오늘도 겨울나무에는 그리움이 가지마다 가득하다

*외할매: 외할머니의 방언 (강원도, 경상도)

소통

나비는 붉은 명자꽃과
향기와 빛깔로 소통하고

사람들은 맑고 고운
소리의 파동으로 소통한다

바람은 꽃을 깨워 씨앗을
사모하는 마음으로 소통하고

별은 밤하늘 별 가루가 되어
추억의 시간으로 우리들과 소통한다

아기는 방긋 웃는 엄마의 눈을 보며 소통하고
엄마는 아기의 숨결로 소통한다

소통은 기다림의 씨앗이고
관계의 열매이다

누이의 꽃신

어릴 적 똘망 똘망한 우리 누이
내 머리 빗겨주고 해진 바지도 꿰매 준 누이

여리고 착한 정 많은 세월의
온기는 늘 한가득하지만
차디찬 동전의 촉감만큼 물질의 소외감에 힘겨워하는 누이

고운 손은 어느새 굵은 굳은살들이
한가득 자리 잡고 엄마를 대신했던 수많은 시간의 기억
개울가에 맴도는 단풍잎처럼 생기 마른 모습이 되었구려

힘겨운 세상사에 깨지고 깨져도
여리고 어리석게 착하게만 살아간다고
삶의 보상은 없겠지만 누이는 항상 웃고 살아가고 있구려

내가 사랑하는 누이여
이제 꽃신을 신고 걸어보시구려

울림

휘젓는 기억의 울림
외면하는 오선지 악보는
활의 슬픈 영혼을 깨우고

순간의 박자는 내 곁에 있는
소중한 시간의 미소

박자의 흔들림은
창가의 자장가의 울림 되어
감싸 안은 육신의 포근함

통 속의 고독한 진동들
가는 줄에 떨림
한가득 입맞춤에
하늘 위
무지개를 만들고

유률의 창조자는
천지창조로 세상을 깨운다

창가에 내리는 비

짙어져 간 장벽의 그리움은
비가 되었네요

주춤 되는 날개 젖은 후투티 한 마리
창가 모서리에 앉아
날개를 닦고 있구려

거슬러 간 하룻밤의 꿈
굵은 빗줄기는 모진 달빛을 잡고
별빛까지 집어삼키고 있소

번진 노을을 그리워하는
낯선 숨소리는
분열되어 그대 곁으로 갑니다.

어설픈 재회

노란 그림자 밟으며
파란 입술로 다가왔나

붉은 볼 줄기에 드린
맑은 눈물

행복을 거슬러 간
역류한 세월의 흐름처럼

마주 잡은 파란 정맥의
흐름은 너를 생각한

수많은 시간의 흐름
두 얼굴을 마주 대고 비벼도

우리 두 그림자는 구름 빛에
가려졌네

운석

정처 없이 궤도를 돌고 돌아
이정표도 없는 굴곡진 삶

떠돌다 떠돌다
지친 기억을 두고
너 자신을 던진다

크고 거대한 몸집은
지구의 대기를 만나
흔적도 없이 사라지고

우주에 태어나고 자란 너이지만
우연히 지구에서 장례식을 치른다.
목성과 화성을 돌던
거만했던 너의 모습은 간데없고
작고 검게 그을린 너는
지구의 텁텁한 공기에 힘들어한다